古代文史名著选译丛书

主编 章培恒 安平秋 马樟根

申鉴 中论选译

修订版

译注 张涛 傅根清

审阅 董治安

凤凰出版传媒集团 凤凰出版社

图书在版编目（CIP）数据

申鉴中论选译 / 张涛，傅根清译注. -- 南京 : 凤凰出版社，2011.5
（古代文史名著选译丛书）
ISBN 978-7-5506-0419-3

Ⅰ. ①申… Ⅱ. ①张… ②傅… Ⅲ. ①政论—中国—东汉时代 Ⅳ. ①D691②B234.941

中国版本图书馆CIP数据核字(2011)第046086号

书　　名　申鉴中论选译
译 注 者　张　涛　傅根清
责任编辑　王华宝　李艳丽
出版发行　凤凰出版传媒集团
凤凰出版社(原江苏古籍出版社)
南京市中央路165号　邮编 210009
发行部电话025-83223462
集团网址　凤凰出版传媒网　http://www.ppm.cn
照　　排　江苏凤凰制版有限公司
印　　刷　江苏凤凰通达印刷有限公司
南京市六合区冶山镇　邮编 211523
开　　本　960×1304毫米　1/32
印　　张　8.75
字　　数　142千字
版　　次　2011年5月第1版　2011年5月第1次印刷
标准书号　ISBN 978-7-5506-0419-3
定　　价　18.00元
（本书凡印装错误可向承印厂调换，电话:025-57572508）

《古代文史名著选译丛书》修订版出版说明

呈献在读者面前的这套《古代文史名著选译丛书》是2011年的修订版。全书共134册，包括了中国从先秦至清末两三千年间的著名典籍。每部典籍都选其精粹(《论语》《老子》则全文收录)，收录原文，加以简明的注释，力求准确地译为现代汉语，并于每一篇之前写有对该文的提示性说明。这是近一个世纪以来，规模最大、收录种类相对齐全、译注质量较高的一套普及传统文化的今译丛书。

这套丛书，原在1992年—1994年由巴蜀书社分三批出齐，印行过万套；不久，又由台湾的出版机构买去海外版权在台湾及海外发行，可见这套丛书当年在两岸受欢迎的程度。时隔17年，丛书编委会决定重新修订，改由江苏凤凰出版集团所属的凤凰出版社出版。

这套丛书是由教育部属下的全国高等院校古籍整理研究工作委员会（简称古委会）于 1985 年策划的。古委会组织了全国 18 所大学的古籍整理研究所的所长任编委会编委，由我们三人任主编，在全国范围内选请学有专长的学者承担各书的译注。从 1986 年—1992 年，历时 7 年完成。当时，编委会制订了严明、可行的体例和细则，译注者按要求完成书稿。每部书稿完成后，都在全国范围内请编委会之外的专门研究这一学术领域的两位专家初审，合格后再请两位编委参照初审意见审改，然后退还原译注者改正。待原译注者改正后，再由编委会集中常务编委和部分编委、相关专家在一地将每部书稿从头至尾审改。这样的集中审稿会一般都在 8—15 天，7 年中开了 12 次审改会。审改后，三位主编再集中在一起逐一审定，交付出版社。这一工作程序，使得这套丛书的译注质量有了一定的提高。所以，这套丛书，在一定程度上是个人与多人合作的结果。关于这套丛书的编纂始末，我们曾在 1992 年 4 月全书交稿后写有一篇文章，这次附在修订版书末，便于读者了解。

这次修订，是交由原译注者自己修改。少数译注者已去世，则书稿一仍其旧。个别译注者已联系不上，也保持原貌。

1992年—1994年出版时，书前有当时古委会主任周林先生写的序。周林先生是这一丛书的发起者。他已于1997年6月去世，至今已14年了。为了尊重历史，也为了纪念他，修订版仍用他的序。

我们三人在1985年—1992年主持这套丛书工作时，年龄大的是从51岁到58岁之间，年龄小的是从44岁到51岁之间，那时尚有精力组织、参与这一工作，今天我们都已年逾古稀。全书修订版出版之际，心情似乎比当年更惴惴不安地期待着读者的评头品足，期待着不要对读者贻误太多。

回想这套丛书，真应该感谢我们的祖先为我们留下了这样深厚、丰富的思想、文化遗产，使我们今天仍然受用无穷。应该感谢这套丛书的全体译注者、审阅者、编委和当年的出版者巴蜀书社、今天的出版者凤凰出版社，是他们的学识、辛勤与真诚使得这套丛书得以面世。

章培恒　马樟根　安平秋

2011年3月15日

序

《古代文史名著选译丛书》与广大读者见面了。这是丛书编委会的同志与众多专家学者通力协作、辛勤耕耘的结果。

中华民族在五千年漫长的岁月里，创造了光辉灿烂的文化，给人类留下了丰富的精神财富。“观今宜鉴古，无古不成今”。今天，以马克思主义的科学理论为指导，整理研究我国古代文化典籍，做到汲取精华，剔除糟粕，古为今用，推陈出新，使人们在正确认识民族历史的同时，得到爱国主义的教育，陶冶道德情操，提高全民族的文化素质，促进社会主义文化的繁荣，使文明古国的历史遗产得以发扬光大，这是我们每个炎黄子孙的责任。而要做到这样，对古籍进行整理与研究是重要的基础工程。但是，整理与研究古籍仅作标点、校勘、注释、辑佚还不够，还要有今译，使老年人、中年人、青年人都愿意去读，都能读懂，以便从中得到教益。

基于以上认识，全国高等院校古籍整理研究工作委员会于1986年5月组成了以章培恒、安平秋、马樟根三位同志为主编的《古代文史名著选译丛书》编委会，确定了以全国十八所大学的古籍整理研究所为主力承担这一看似轻易、实则艰巨的今译任务。在第一次编委会议上，拟定了《凡例》、《编写与审稿要求》、《文稿书写格式》和一百余种书目。以每一种书为十万至十五万字计算，这套丛书大约有一千余万字，应该说是一项大工程。经过一年的努力，完成了第一批三十六部书稿的译注任务。在各研究所的专家与所长把关的基础上，于1987年5月和7月，先后在复旦大学、北京大学召开了部分编委参加的审稿会，通过了二十五部书稿，作为《古代文史名著选译丛书》与广大读者见面的第一批作品。与此同时，在1987年7月6日，邀请了在京的十几位专家教授与编委会十几位编委一起座谈这套丛书与古籍今译的问题。专家们肯定了今译工作的必要性与深远意义，并以他们数十年的教学科研和创作的经验，说明今译是一项难度很大的工作，是培养人才，使之打下坚实基本功的一种有效方法；专家们还对《古代文史名著选译丛书》提出了宝贵的建议，这对当时的审稿工作和保证《丛书》的质量起了很好的作用。

实践证明，古籍的今注不易，今译更难。没有对作品的深入、透彻的研究，没有准确、通俗、生动的语言表达能力，要想做好今译是不可能的。两年多来，全国高等院校古籍整理研究工作委员会在探索古籍的今注、今译的道路上，做了一些工作。这部丛书的出版，是系统今译的开始，说明古籍整理研究工作有了新的进展。更可喜的是，一批中青年学者参加了今注今译工作，为古籍整理增添了新生力量，相信他们会在实践中，在学习中，成长成熟。我希望，这套丛书的编委会和高校各古籍整理研究所要敞开大门，加强同国内外专家学者的联系，征求他们和广大读者的意见，并向有真才实学而又适宜做今译工作的专家学者约稿，以提高古籍译注的水平，使《古代文史名著选译丛书》的第二批、第三批作品的质量更上一层楼。

这是一套以文史为主的大型的古籍名著今译丛书。考虑到普及的需要，考虑到读者对象，就每一种名著而言，除个别是全译外，绝大多数是选译，即对从该名著中精选出来的部分予以译注，译文力求准确、通畅，为广大读者打通文字关，以求能读懂报纸的人都能读懂它。我希望这套丛书能成为中小学教师的语文、历史教学的参考书，成为大专院校学生的课外读物，成为广大文史爱好者的良师益友。由于系统的古籍今译工作还刚刚起步，这套丛书定会有不少缺点、错误，也诚恳地希望读者批评指正。

巴蜀书社要我为这套丛书写序，我欣然接受了。我相信这套丛书不仅会使八十年代的人们受益，还将使子孙后代受益，它将对祖国的繁荣昌盛起到点滴的作用。最后借此机会向曾给予我们支持、帮助的专家学者和巴蜀书社的同志表示衷心的感谢！并殷切地希望台湾同胞、港澳同胞、海外侨胞和我们一同做好祖先留给我们的文化遗产的整理工作，为中华民族灿烂的文化再放异彩而努力！

周　林

1987年10月于北京

目 录

前言

东汉末年，随着封建一体化政治的衰微和儒家神学经学的没落，意识形态领域出现了一股强烈的社会批判思潮。在这一思潮中，荀悦的《申鉴》和徐幹的《中论》，都是颇有影响而又极具特色的著作。它们通过对历史与现状的深刻反思和理性分析，通过对封建时代各种矛盾的大胆揭露和批判，成为忠实反映当时社会政治危机的一面镜子。它们提出的一系列匡救时弊的思想主张，对后人也有很大的启示作用。

荀悦(148—209)，字仲豫，颍川颍阴(今河南许昌)人，荀况第十三世孙。汉灵帝时曾托疾隐居，献帝初应曹操征辟，任黄门侍郎、秘书监、侍中等职，与从弟荀彧、名士孔融俱侍讲于宫中。因有感时政，作《申鉴》五篇，“其所论辩，通见政体”，献帝“览而善之”。荀悦又是著名的史学家，曾受献帝诏，仿《左传》体删改班固《汉书》，成《汉纪》三十篇（卷），“辞约事详，论辨多美”。另外他还著有《崇德》、《正论》及诸论数十篇（均已亡佚）。见《后汉书·荀悦传》。

徐幹（171—218），字伟长，北海剧（今山东昌乐西）人。年轻时就博览群书，“言则成章，操翰成文”（阙名《中论序》）。董卓乱起，隐居不仕，以读书自娱。建安十三年前不久，应曹操之命，出任司空军谋祭酒掾属、五官中郎将文学。一生潜心著述，“著《中论》二十余篇，成一家之言，辞之典雅，足传于后”（曹丕《与吴质书》）。他更是著名的文学家，为“建安七子”之一，善辞赋，能诗。今存诗、赋数首。事迹附见《三国志·魏志·王粲传》。

今本《申鉴》凡五卷，卷为一篇，其目为政体、时事、俗嫌、杂言上、杂言下。我们对各篇都进行了选译，但有所删节。

今本《中论》凡二卷，卷十篇，卷上为治学、法象、修本、虚道、贵验、贵言、艺纪、核辩、智行、爵禄，卷下为考伪、谴交、历数、夭寿、务本、审大臣、慎所从、亡国、赏罚、民数。我们选译了治学、法象、修本、虚道、贵验、贵言、核辩、爵禄和谴交、夭寿、务本、审大臣、慎所从、亡国等十四篇，其中部分篇章稍有删略。

东汉中期以后，地主贵族的土地兼并发展到极为严重的地步，农民纷纷破产，很大程度地阻碍着社会的稳定和经济的发展。为遏止这一势头，有识之士相继提出关于改变现行土地制度的新构想。崔寔、仲长统主张恢复井田之制，荀悦不同意崔、仲的主张，提出了“耕而勿有”的理论。他主张农民拥有土地使用权，而土地的所有权则统一掌握在国家手中，禁绝土地的自由买卖（《申鉴·时事》）。这个理论，尽管在当时也是一种无法实现的空想，但它第一次区分了土地的所有权和使用权两个概念，在思想史上不失为新的见解，在历史上也有着值得肯定的意义。徐幹对于解决土地兼并问题给予了很大的注意。他要求国家切实掌握“民数”（即农民的户口），要把逃亡、隐庇于地主贵族田庄中的大批无户籍农民争夺过来，以防止土地兼并的进一步发展（《中论·民数》）。

荀悦沿袭了传统的“重本抑末”观念，主张“绝末伎，同本务”，但并不反对商品流通。他要求恢复“便于事用，民乐行之”的五铢钱，以“贸迁有无”，繁荣市场(《申鉴·时事》)。后来魏文帝于黄初年间复行五铢钱，应该说与此不无关系。徐幹也曾主张士农工商“各世其事，毋迁其业”，“不使相夺”，各勤其职，共同致力于社会经济的发展(《中论·谴交》)，同样表现了有进步意义的识见，是难能可贵的。

战乱连年、兵燹不断的东汉末年，人民的生命财产受到严重摧残，生活十分艰难。鉴于此，荀悦非常强调人民在国家中的重要地位和作用，认为“天作道，皇作极，臣作辅，民作基”，“天下国家一体也，君为元首，臣为股肱，民为手足”(《申鉴·政体》。在他看来，普通百姓虽然卑贱，却是国家的根基，同国家的盛衰、君主的安危息息相关，“民存则社稷存，民亡则社稷亡”，因此，应当把治国之道置于重视人民力量的基点上，“爱民如身”，“重民轻身”(《申鉴·杂言上》)。徐幹同样看重人民的存在及其至关重要的作用，强调务使“民尽其心”，“百姓休和”，认为这是治理国家的关键(《中论·民数》)。

荀、徐爱民、重民的主张，继承和发展了先秦时期的民本思想，构成了我国优秀传统文化中一个值得珍视的重要组成部分。

关于君臣关系，西汉后期的刘向曾提出过君臣互相为本的理论（见《说苑·建本》）。荀悦对此加以发挥，指出君臣二者同样重要，是“两立”的。君主必须依赖臣下才能履行统治职能，因而应该放下万乘之主的架子，“抑情绝欲”，“以义申、以义屈”，“不拒直辞，不耻下问”。他强调“受谏不难”，然后“进谏斯易”；“上不塞耳”，才会有“下不钳口”（《申鉴·杂言上》、《政体》、《杂言下》）。荀悦又指出，作为臣下，首先应该尽“忠直”之道，否则就应“奉身以退”，认为“君臣有异无乖，有怨无憾，有屈无辱”（《申鉴·杂言上》）。

徐幹同样重视调整君臣关系，但他希望应把这种关系建立在道义基础上。认为臣下是君主的耳目和手足，所以必须广泛寻求贤能之人，授以官位，使其掌握国家的政令，并听从其德义忠信之言（《中论·审大臣》、《慎所从》）；同时也强调，臣下应该“行不偷合，立不易方，不以天下枉道，不以乐生害仁”，不为利禄所诱惑而服务于昏君暴主，若被强执而不得脱身，亦应“杜口佯愚”(《中论·亡国》)。

汉献帝时，“政移曹氏，天子恭己而已”(《后汉书·荀悦传》)，荀悦、徐幹的君臣观，正是产生在这样一个历史背景下，本质上反映了荀、徐渴望重振刘汉大统的强烈愿望。不过，要求调整君臣关系，毕竟涉及到对于当时封建制度某些改良和变革，是一种企望在政治上有着开拓和前进的理论。至于荀悦主张任人唯贤，认为“贤臣不用，用臣不贤，则国非其国也”(《申鉴·政体》)。徐幹也将“其贤不用”看作是亡国的一个重要原因，并进一步强调“明主之得贤也，得其心也，非谓得其躯也”，应该“修其道义，昭其德音”而使贤者归心(《中论·亡国》)等等，更是明显针对东汉后期吏治腐败、外戚和宦官的关系网遍布各地、卖官鬻爵之风盛行的黑暗现实，表现了一定的正义感，也是具有历史进步意义的。

为了防止禄利之徒滥竽充数、尸位素餐，荀悦、徐幹都主张改革封建官僚制度。荀悦要求“明考试”，对各级官吏进行全面考查，“有事考功，有言考用，动则考行，静则考守”，根据考查结果给以进退升黜。他反对州牧权力过大，认为这不利于中央集权政治的巩固，“非所以强干弱枝也”。他强调官吏的俸禄应与人民的承担能力相统一，主张“正贪禄，省闲冗，与时消息，昭惠恤下，损益以度”。他还特别注重史官的作用，认为在史官笔下，“臧否成败，无不存焉”，“或欲隐而名章”，“得失一朝而荣辱千载”，完全可以用来“副赏罚”，“辅法教”（《申鉴·时事》）。徐幹则把着重点放在选官之制上，强调君主选拔大臣时应注意“亲察”，不以众誉为验，不以世变，不为俗移。他主张分职设官，察举取士，循名责实，认为“明哲之为用也，乃能殷民阜利，使万物无不尽其极者也”（《中论·审大臣》、《智行》）。这些主张的提出，使左雄、王符等人已经阐述过的政治理论，由零散、浮泛而变得更加系统和深刻了。

关于鉴别人才的标准，荀悦和徐幹则表现出了明显的不同。荀悦指出，德才统一于一身时以才智为贵，德才不统一时以德行为贵，若有德无才，就如同适楚而北辕，无济于事（《申鉴·杂言下》）。这里注重德才兼备，无疑是值得肯定的，但其所谓“德行”不过是旧礼制政教的代名词，则显出较大的局限。与荀悦不同，徐幹反对传统的重视德行的观念，强调才智重于德行，认为依靠才智能够生财富民，建立功业而有益于世，指出圣人之所以成为圣人，“非徒空行也，智也”（《中论·智行》）。这就显然与那种以传统礼制政教为上的意识颇异其趣，而透露出一种新的观念。徐幹重才轻德的主张，为曹操推行“唯才是举”的革新政策作了某些思想理论方面的准备，对历史的发展起了积极作用。

以上可以看出，荀悦、徐幹都是站在儒家立场、以儒家学说为本建立自己的理论体系的。但他们活动在东汉后期，思想比较复杂，从两人论著看，又往往不无道家学说的色彩，吸收了老庄诸如恬淡、自然、无为等等观念。比如荀悦说：在实现新政后，“无为为之，使自施之；无事事之，使自交之。不肃而治，垂拱揖逊，而海内平矣。是谓为政之方也”。（《申鉴·政体》）就是以老子“无为而治”作为立论的基础。又如徐幹也说：“夫名之系于实也，犹物之系于时也。物者，春也吐华，夏也布叶，秋也凋零，冬也成实，斯无为而自成者也。”又说：“君子者能成其心，心成则内定，内定则物不能乱，物不能乱则独乐其道。”（《中论·考伪》）同样是宣扬了道家崇尚“自然之道”以及“抱朴”、“守一”之类的理论。时人称徐幹“怀文抱质，恬淡寡欲，有箕山之志”（曹丕

《与吴质书》)，“颐志保真，淡泊无为，惟存正道”(阙名《中论序》)，都是很有道理的。应该指出的是，包括荀悦、徐幹在内的一批士大夫对道家思想的这种吸取和利用，既是一定历史阶段上的某种标志，同时也为魏晋玄学的出现，铺设了桥梁，作出了思想观念上的准备。

东汉中期以后，反映官方意志的今文经学日趋衰微，今古文经学逐渐融合。郑玄兼通今古文，遍注群经，在实践上基本完成了这一学术发展的历史任务。而在理论上最早提出平息经今古文之争的，乃是略晚于郑玄的荀悦。荀悦第一次比较客观地指出了今古文经学的源流及其争执的缘起。他将今古问题的内容划分为文字和经说两项，使后人对这一问题的认识基本能够得其要领。他认为，今古文学各有是非优劣，都未必能反映经籍全貌。为了结这场浪费士人学子之精力，无益于学术文化发展的论争，他建议“备博士，广太学”，让持不同见解者“比而论之”，最后打破学派壁垒，共求学术之真(《申鉴·时事》)。这些，即使在今天看来也不失为有识之论。

对于泛滥一时、搞得东汉朝野上下一片乌烟瘴气的谶纬神学，继桓谭、尹敏、张衡之后，荀悦又给予了有力的抨击，斥之为西汉末年以来神仙方术之士假托孔子之名而以伪乱真的东西。但另一方面，他并未否定纬书中的有价值的部分，因而不同意将其付之一炬，认为只要统治者头脑清醒、有较强的鉴别能力就行了(《申鉴·俗嫌》)。这些认识，应该说也是很有见地、很有意义的。

荀悦和徐幹都表现出某些朴素唯物主义和无神论的倾向。荀悦对卜筮、禁忌等迷信之事颇多批评，一再强调人事的作用，把吉凶祸福同是否实行德政联系起来，还揭露了逃避疾厄之术和求为神仙之术的荒诞不经，认为人的生老病死是一种无法抗拒的自然规律(《申鉴·俗嫌》)。徐幹则进一步指出，世间的吉凶祸福是人们自觉行为的结果，并非天所主宰，如比干、伍子胥重义轻死，苦谏受戮，“已知其必然而乐为焉，天何罪焉?”“天虽欲福人，亦不能以手臂引人而亡之。”(《中论·夭寿》)他们又都强调学习的重要性。荀悦指出，人可以为尧舜，亦可以为桀纣，关键要看学习了哪些东西，接受了哪种教育。徐幹在《中论》中专门写了《治学》一篇，他说:“学也者，所以疏神、达思、怡情、理性，圣人之上务也。”他还提出了学习过程中应注意的五个方面。

他反对当时流行的训诂章句之学，主张“凡学者，大义为先，物名为后，大义举而物名从之”(《中论·治学》)。这在客观上对于魏晋时期重义理、鄙章句的治学风气和方法有一定的影响。

《申鉴》、《中论》的上述思想内容，在我国学术发展史上有其不容忽视的地位，是我国古代思想宝库中的重要组成部分，有必要加以了解和进一步的研究。

我们这个选译本，《申鉴》原文依据《四部丛刊》影印明嘉靖四年文始堂本，同时在校勘和注释中参考了其他版本和《后汉书·荀悦传》、《群书治要》所引，以及明黄省曾注、清卢文弨《群书拾补》、钱培名《申鉴札记》、孙诒让《札迻》等。《中论》原文依据《四部丛刊》影印明嘉靖四十四年青州刊本，同时在校勘和注译中参考了其他版本和《群书治要》、《意林》、《太平广记》、明归有光《诸子汇函》所引，以及清陈鳣《中论札记》、俞樾《中论平议补录》、孙诒让《札迻》等。限于我们的水平，书中肯定有不少错误和疏漏之处，敬请专家、读者批评指正。

张　涛（北京师范大学历史学院）
傅根清（中国海洋大学文学与新闻传播学院）

申　鉴

政　体

政体，意思是施政的要领。

作者指出，自己的著作取名《申鉴》，是要申明历史教训，为君主提供借鉴。他认为，自然界、人类社会根本的规律和准则是仁义，它与阴阳、刚柔相一致，并具体表现为“法教”，即刑法和教化，而这又是为政的重要原则。

为实现天下大治，作者提出要“先屏四患，乃崇五政”，并把“养生”放在首位。他以人的身体为喻，说明国家是一个有机整体，而百姓是国家的基础，是君主的手足，不可过分损伤。针对汉末统治阶级中各种势力贪婪无极而肆意弄权这一现实，作者要求君主“惟恤十难以任贤能”，

“惟察九风以定国常”，并把“君臣亲而有礼，百僚和而不同，让而不争，勤而无怨，无事惟职是司”看作是“治国之风”，大加推崇。

本文较长，选译时略有删节。

夫道之本①，仁义而已矣。《五典》以经之②，群籍以纬之③。咏之歌之，弦之舞之④。前鉴既明，后复申之。故古之圣王，其于仁义也，申重而已。笃序无彊⑤，谓之《申鉴》⑥。……

“立天之道曰阴与阳，立地之道曰柔与刚，立人之道曰仁与义⑦。”阴阳以统其精气⑧，刚柔以品其群形⑨，仁义以经其事业⑩，是为道也。故凡政之大经⑪，法教而

---

① 道：指自然界和人类社会的规律和准则。② 五典：即《五经》，儒家的五部经典（《易》、《诗》、《书》、《礼》、《春秋》）。经：织物的纵线，与纬相对。这里作动词用。③ 纬：织物的横线，与经相对。这里作动词用。④ 弦：以弦乐器（琴瑟）弹奏。⑤ 笃（dǔ 赌）：厚，确当。序：通“叙”，评说，论述。无：无止境，无尽。彊（jiāng 江）：通“疆”。⑥ 申鉴：意思是申述对“道之本”（即仁义）的审察、认识。⑦ “立天”三句：见《周易·说卦》。⑧ 统：总领。精气：指一种精灵细微的物质，古人把它看做自然万物及精神和生命的根源。⑨ 品：品评，衡量。群形：指地上万物的种种形体。⑩ 经：治理。事业：指人事。⑪ 大经：重大原则。经：常道，原则。

已。教者，阳之化也；法者，阴之符也[①]。仁也者，慈此者也；义也者，宜此者也；礼也者，履此者也；信也者，守此者也；智也者，知此者也。是故好恶以章之[②]，喜怒以莅之[③]，哀乐以恤之。若乃二端不愆[④]，五德不离，六节不悖，则三才允序[⑤]，五事交备，百工惟厘，庶绩咸熙。

天作道[⑥]，皇作极，臣作辅，民作基。惟先哲王之政，一曰承天，二曰正身，三曰任贤，四曰恤民，五曰明制，六曰立业。承天惟允[⑦]，正身惟常，任贤惟固，恤民惟勤[⑧]，明制惟典[⑨]，立业惟敦[⑩]，是谓政体也。

致治之术[⑪]，先屏四患[⑫]，乃崇五政。一曰伪，二曰私，三曰放，四曰奢。伪乱俗，私坏法，放越轨，奢败制。四者不除，则政末由行矣。俗乱则道荒，虽天地不得保其性矣；法坏则世倾，虽人主不得守其度矣；轨越则礼亡，虽圣人不得全其道矣；制败则欲肆，虽四表不能充其求矣[⑬]。是谓四患。兴农桑以养其生，审好恶以正其俗，

---

① 符：通“孚”，种子的外衣，引申为形式、表象的意思。② 章：通“彰”，显扬。 ③ 莅(lì 力)：到。 ④ 二端：指教与法。愆(qiān 牵)：错误，过失。 ⑤ 序：有次序。 ⑥ 作：为。道：指宇宙的本原，母体。 ⑦ 允：诚信。 ⑧ 勤：努力，认真。⑨ 典：常法。 ⑩ 敦：敦厚。 ⑪ 治：指治世，太平之世。⑫ 屏(bǐng 丙)：除去，排除。 ⑬ 四表：四外，四方。

宣文教以章其化，立武备以秉其威[①]，明赏罚以统其法，是谓五政。

民不畏死，不可惧以罪[②]；民不乐生，不可劝以善[③]。虽使禼布五教[④]，咎繇作士[⑤]，政不行焉。故在上者先丰民财以定其志，帝耕籍田[⑥]，后桑蚕宫[⑦]，国无游民，野无荒业，财不虚用，力不妄加，以周民事。是谓养生。

君子之所以动天地，应神明，正万物而成王治者[⑧]，必本乎真实而已。故在上者审则仪道[⑨]，以定好恶。善恶要于功罪[⑩]，毁誉效于准验，听言责事，举名察实，无或诈伪以荡众心[⑪]，故事无不核[⑫]，物无不切，善无不显，恶无不彰，俗无奸怪，民无淫风。百姓上下睹利害之存乎

---

① 秉：持，这里是建立的意思。 ② "民不"二句：《老子》："民不畏死，奈何以死惧之！"这里化用其意。 ③ 劝：原作"观"，据《群书治要》及《后汉书·荀悦传》改。 ④ 禼（xiè 屑）：即契（一作"契"），传说商的始祖，曾受舜命为司徒，掌管教化。五教：五常主教，即父义、母慈、兄友、弟恭、子孝。 ⑤ 咎繇（gāo yáo 高摇）：一作"皋陶"，传说曾于舜时掌管刑狱。士：指掌管刑狱的官员。 ⑥ 籍田：古代在春耕前，帝王亲自去一块农田上耕种，寓有劝农之意。 ⑦ 蚕宫：传说古代帝王于河畔筑宫，后妃亲自在其中养蚕，称"蚕宫"。 ⑧ 王治：王者之治，指天下太平。 ⑨ 仪道：以道为仪，即"遵守道"的意思。 ⑩ 要：切要。 ⑪ 或：有。荡：摇荡，动摇。 ⑫ 核：翔实正确。

已也，故肃恭其心，慎修其行，内不忒惑①，外无异望，有罪恶者无侥幸②，无罪过者不忧惧③，请谒无所听④，财赂无所用，则民志平矣。是谓正俗。

君子以情用，小人以刑用。荣辱者，赏罚之精华也。故礼教荣辱以加君子，化其情也；桎梏鞭扑以加小人⑤，治其刑也。君子不犯辱，况于刑乎？小人不忌刑，况于辱乎？若夫中人之伦⑥，则刑礼兼焉。教化之废，推中人而坠于小人之域；教化之行，引中人而纳于君子之途。是谓章化⑦。

小人之情，缓则骄，骄则恣⑧，恣则急⑨，急则怨，怨则畔⑩；危则谋乱，安则思欲，非威强无以惩之。故在上者必有武备，以戒不虞⑪，以遏寇虐。安居则寄之内政，有事则用之军旅⑫。是谓秉威。

赏罚，政之柄也⑬。明赏必罚，审信慎令，赏以劝

---

① 忒(tè特)：差错。 ② 有罪恶者无侥幸：原作“虑其睹去侥幸”，据《群书治要》改。 ③ 者：原脱，据《群书治要》补。 ④ 请谒(yè夜)：走门路以私事相托。 ⑤ 桎梏(zhì gù质固)：脚镣手铐，用来拘系罪犯手脚的刑具。 ⑥ 中人：常人，一般人。伦：类。 ⑦ 章：通“彰”，显扬。 ⑧ 恣：放纵。 ⑨ 急：意思是躁急不安。 ⑩ 畔：通“叛”，叛乱。 ⑪ 不虞：指意外的事。 ⑫ 事：指政治、军事上的变故。 ⑬ 柄：指权柄。

善①，罚以惩恶。人主不妄赏，非徒爱其财也，赏妄行则善不劝矣；不妄罚，非徒慎其刑也，罚妄行则恶不惩矣。赏不劝，谓之止善；罚不惩，谓之纵恶。在上者能不止下为善，不纵下为恶，则国治矣。是谓统法。

四患既蠲②，五政既立，行之以诚，守之以固，简而不怠，疏而不失。无为为之，使自施之；无事事之，使自交之③。不肃而治，垂拱揖逊④，而海内平矣。是谓为政之方也。

……

惟恤十难以任贤能⑤：一曰不知，二曰不进，三曰不任，四曰不终，五曰以小怨弃大德，六曰以小过黜大功⑥，七曰以小失掩大美，八曰以奸讦伤忠正⑦，九曰以邪说乱正度，十曰以谗嫉废贤能。是谓十难。十难不除，则贤臣不用。用臣不贤，则国非其国也。

惟察九风以定国常：一曰治，二曰衰，三曰弱，四曰乖，五曰乱，六曰荒，七曰叛，八曰危，九曰亡。君臣亲而

---

① 劝：勉励。 ② 蠲（juān 捐）：除去，免除。 ③“简而”以下六句：《老子》说：“天网恢恢，疏而不失。”“为无为，事无事。”这里化用其意。 ④ 垂拱：垂衣拱手。形容无所事事，不费气力。揖：辞让。 ⑤ 恤：担忧的意思。 ⑥ 黜（chù 触）：废，贬退。 ⑦ 讦（jié 杰）：攻击别人的短处或揭发别人的隐私。

有礼，百僚和而不同①，让而不争，勤而不怨，无事惟职是司，此治国之风也。礼俗不一，位职不重，小臣谗疾，庶人作议，此衰国之风也。君好让②，臣好逸，士好游，民好流，此弱国之风也。君臣争明③，朝廷争功，士大夫争名，庶人争利，此乖国之风也④。上多欲，下多端，法不定，政多门，此乱国之风也。以侈为博，以伉为高，以滥为通，遵礼谓之劬⑤，守法谓之固，此荒国之风也。以苛为密，以利为公，以割下为能，以附上为忠，此叛国之风也。上下相疏，内外相蒙，小臣争宠，大臣争权，此危国之风也。上不访，下不谏，妇言用⑥，私政行，此亡国之风也。故上必察乎国风也。

……

天子有四时，朝以听政，昼以访问，夕以修令，夜以安身。上有师傅，下有谦臣⑦。大则讲业⑧，小则咨询。不拒直辞，不耻下问。公私不愆，外内不二。是谓有交⑨。

---

① 和：协调，和谐。指善于同人相处却不肯盲从附和。同：同一，等同。 ② 让：责备。 ③ 明：原作“名”，据《群书治要》改。 ④ 乖：乖离，不和顺。 ⑤ 劬（qú 渠）：劳苦，劳累。 ⑥ 妇言用：指后妃专权，女主干政。 ⑦ 谦（yàn 厌）臣：指闲居时从容议政之臣。谦，即“宴”。 ⑧ 则：原作“有”，据黄注改。 ⑨ 有交：指主上之意达于下，臣下之意达于上，上下相交。

问明于治者其统近。“万物之本在身，天下之本在家，治乱之本在左右，内正立而四表定矣①。”

问通于道者其守约②。“有一言而可常行者，恕也；有一行而可常履者，正也。恕者仁之术也，正者义之要也，至哉！此谓道根，万化存焉尔。是谓不思而得，不为而成，执之胸心之间，而功覆天下也。”

自天子达于庶人，好恶哀乐，其修一也③；丰约劳佚，各有其制。上足以备礼，下足以备乐，夫是谓大道④。天下国家一体也，君为元首，臣为股肱⑤，民为手足。下有忧民，则上不尽乐；下有饥民，则上不备膳；下有寒民，则上不具服。徒跣而垂旒⑥，非礼也。故足寒伤心，民寒伤国。

……

问人主有公赋无私求，有公用无私费，有公役无私使，有公赐无私惠，有公怒无私怨。“私求则下烦而无度，是谓伤清；私费则官耗而无限，是谓伤制；私使则民挠扰而无节，是谓伤义；私惠则下虚望而无准，是谓伤

---

① 内：指朝廷之内。四表：指国之四方。 ② 约：简易。 ③ 修：这里是表现、存在的意思。 ④ 大道：即正道，指最高的治世原则。 ⑤ 股肱(gōng 工)：比喻帝王左右辅佐得力的大臣。股，大腿。肱，手臂从肘到腕的部分。 ⑥ 徒跣(xiǎn 显)：赤脚步行。跣，赤脚。旒(liú 流)：帝王冕冠前后悬垂的玉串。

正；私怨则下疑惧而不安，是谓伤德。”

……

问民由水也[①]。“济大川者，太上乘舟，其次泅。泅者劳而危，乘舟者逸而安，虚入水则必溺矣[②]。以知能治民者[③]，泅也；以道德治民者，舟也。纵民之情谓之乱，绝民之情谓之荒。”曰：“然则如之何？”曰：“为之限，使勿越也。为之地亦勿越。故水可使不滥[④]，不可使无流。善禁者，先禁其身而后人；不善禁者，先禁人而后身。善禁之至于不禁，令亦如之。若乃肆情于身而绳欲于众，行诈于官而矜实于民[⑤]，求己之所有余，夺下之所不足，舍己之所易，责人之所难，怨之本也，谓理之源斯绝矣。自上御下，犹夫钓者焉。隐于手，应于钩，则可以得鱼。自近御远[⑥]，犹夫御马焉，和于手而调于衔，则可以使马。故至道之要，不于身非道也。睹孺子之驱鸡也，而见御民之方。孺子驱鸡者，急则惊，缓则滞。方其北也，遽要之则折而过南[⑦]；方其南也，遽要之则折而过北。迫则飞，疏则放。志闲则比之，流缓而不安则食之[⑧]。不驱之

---

① 由：通“犹”，如同。 ② 矣：原作“矢”，据他本改。 ③ 知（zhì 质）：通“智”，智慧。 ④ 滥：水乱流。 ⑤ 矜（jīn 今）：崇尚。 ⑥ 近：指中央朝廷。远：指地方州郡。 ⑦ 遽（jù 据）：匆忙。要（yāo 腰）：通“邀”，半路拦截。 ⑧ 食（sì 寺）：喂，给……吃。

驱,驱之至者也。志安则循路而入门。”

太上不空市,其次不偷窃,其次不掠夺。上以功惠绥民,下以财力奉上,是以上下相与。空市则民不与,民不与则为巧诈而取之,谓之偷窃。偷窃则民备之,备之而不得,则暴迫而取之,谓之掠夺。民必交争,则祸乱矣。

或曰:“圣王以天下为乐。”曰:“否。圣王以天下为忧,天下以圣王为乐。凡主以天下为乐,天下以凡主为忧。圣王屈己以申天下之乐①,凡主申己以屈天下之忧。申天下之乐,故乐亦报之;屈天下之忧,故忧亦及之。天下之道也。”

治世所贵乎位者三:一曰达道于天下,二曰达惠于民,三曰达德于身。衰世所贵乎位者三:一曰以贵高人,二曰以富奉身,三曰以报肆心②。治世之位,真位也;衰世之位,则生灾矣。苟高人,则必损之,灾也;苟奉身,则必遗之,灾也;苟肆心,则必否之,灾也。

治世之臣,所贵乎顺者三:一曰心顺,二曰职顺,三曰道顺。衰世之臣,所贵乎顺者三:一曰体顺,二曰辞

---

① 申:通“伸”,伸张,伸展。 ② 肆心:指随心所欲地报德报怨。

顺，三曰事顺[①]。治世之顺，真顺也；衰世之顺，生逆也。体苟顺则逆节，辞苟顺则逆忠[②]，事苟顺则逆道。高下失序则位轻，班级不固则位轻，禄薄卑宠则位轻，官职屡改则位轻，迁转烦渎则位轻[③]，黜陟不明则位轻[④]，待臣不以礼则位轻。夫位轻而政重者，未之有也。“圣人之大宝曰位”[⑤]，轻则丧吾宝也。

……

【翻译】

道的根本，就是仁义罢了。《五经》的内容是它的经，各种典籍的内容是它的纬。人们吟咏它，歌唱它，弹奏它，用舞蹈表现它。前人的审察认识虽已明白，后人还是要重加以申述。所以古代的圣明帝王，对于仁义不过是再三申述罢了。确当的论述是没有穷尽的，因而这部书名之为《申鉴》。……

“立天之道曰阴与阳，立地之道曰柔与刚，立人之道曰仁与义。”用阴阳统领天上的精气，用刚柔评量地上的形体，用仁义治理人间的事业，这就是道。所以政治的

---

① “衰世之臣”以下五句：此 22 字原脱，据《群书治要》补。 ② 辞：原作“乱”，据《群书治要》改。 ③ 渎（dú 独）：轻慢。 ④ 陟（zhì 质）：进用。 ⑤ “圣人”句：见《周易·系辞下》。大宝：最宝贵的东西，此指帝位。

重大原则，不过是法与教罢了。教是阳气的转化，法是阴气的表象。所谓仁，就是要以慈爱之心掌握教和法；所谓义，就是要更加适宜地执行教和法；所谓礼，就是要按规定履行教和法；所谓信，就是要自觉遵守教和法；所谓智，就是要真正懂得教和法。因此要用好恶两种感情来张扬它，用喜怒两种感情来对待它，用哀乐两种感情来思虑它。如果法和教都没有错误，仁、义、礼、智、信五德没有背离，好、恶、喜、怒、哀、乐六种情感没有逆乱，天、地、人三才就能协调，貌、言、视、听、思五事就能完善，百官就能称职，各种事业就会兴盛起来。

上天是万物的本原，皇帝是天下的中心，群臣是皇帝的佐辅，民众是国家的根基。从前圣明帝王治理国政，一是承奉上天，二是端正自身，三是任用贤人，四是体恤民众，五是修明制度，六是建置各种事业。承奉上天要极其真诚，端正自身要经常不懈，任用贤人要始终坚持，体恤民众要尽心竭力，修明制度要合于常法，建置事业要富足丰厚，这就是施政的要领。

实现天下太平的方法，先要消除四种祸患，然后搞好五件政事。四种祸患，一是虚伪，二是自私，三是放纵，四是奢侈。虚伪就会败乱风俗，自私就会损害法制，放纵就会偏离准则，奢侈就会破坏制度。这四种行为如果得不到消除，一切政策也就无从推行贯彻了。风俗败乱，规矩就要荒弃，即使天地也就不能保其常性了；法制破坏就要社会倾覆，即使君主也就不能维持常度了；准则偏离就要丧失礼制，即使圣人也就不能保全正道了；制度败坏就要横行贪欲，即使据有四方万物也就不能满足要求了。这就是四种祸患。

振兴农桑之业来供给民众的生活需要，审察民间好恶来纠正不良的风俗，发展文教事业来显扬教化的作用，建立武备来建立政府的权威，严明赏罚制度来综理法令的实施。这就是五件政事。

民众不害怕死，就不能用判罪来威胁他们；民众感受不到生活的乐趣，就不能用行善来劝勉他们。即使让契实施五常的教化，让咎繇担任狱官之长，政令也难以推行。所以居上位的人应该先使民众资财富足，从而安定他们的心志；皇帝亲自耕于藉田，皇后亲自采桑养蚕于蚕宫，使国内没有无业游民，四野没有荒芜之田，不白白浪费财物，不随意征用民众的劳力，从而周全地安排民众的生产生活。这就叫使民众得以休养。

君子之所以惊动天地，感应神灵，端正万物而使天下实现太平，就在于他们始终本着真实的原则行事罢了。因此居上位的人应考查准则，遵从大道，以确定好恶。善恶根据功罪而定，毁誉通过标准来检验，听其言以要求其行事，就其名以考察其实际，不用任何伪诈手段动摇民众的心志，这样所做的事情无不翔实正确，万物无不切合需要，好事无不得到显扬，坏事无不给以暴露，习俗中没有奸怪之事，民众间没有不良的风气。上上下下的人们看到利害都与自身有关，于是便使思想庄敬严肃，使行为谨慎正派，让内心不惑于邪道，对社会没有非分的希求，犯了罪的人打消了侥幸的心理，无罪的人用不着忧虑和担心，通过关系以私事相托没有门路，贿赂的钱物没有用处，这样的百姓的思想就安定了。这就叫正风俗。

君子要用情加以诱导，小人要用刑加以制裁。激发荣辱感是赏罚手段的精义所在。所以对君子要用礼教荣辱，为的是感化其情；对小人要用桎梏鞭扑，为的是用刑罚使其知罪。君子不做招致耻辱的事情，何况是刑罚呢？小人不顾忌刑罚，何况是对于耻辱呢？至于中人之类，对他们可以刑罚与礼教兼用。废止教化，就是把中人推到小人的境地；施行教化，就是将中人引入君子的道路。这就叫显扬教化。

小人之情，国家对他们宽缓了他们就会骄傲，骄傲了就会放纵，放纵了就会急躁，急躁了就会怨愤，怨愤了就会反叛；国家危难时就会图谋叛乱，安定时就会存有欲望，不用强大的威力便无法惩治他们。所以居上位的人必须要有武备，以防止不测事件的发生，遏止侵掠残害的行为，社会安定时用于处理国家内部事务，一旦出现变故则可以投入战争。这就叫保持威力。

赏罚是为政的权柄。明确实行奖赏，坚决执行处罚；审慎对待政治信誉，慎重颁行法律命令；用奖赏鼓励行善的人，用处罚惩治作恶的人。人主不妄行奖赏，并不只是因为爱惜财物，而是因为妄行奖赏，行善的人就得不到鼓励了；不妄行处罚，并不只是因为谨慎用刑，而是因为妄行处罚，作恶的人就得不到惩治了。奖赏起不到鼓励作用，即是阻止行善；处罚起不到惩治作用，即是放纵作恶。居上位的人能够不阻止下面的人行善，不放纵下面的人作恶，国家就会得到治理了。这就叫综理法令。

四种病根消除了，五件政事确立了，然后真诚实行，始终坚持，简易而又不懈怠，疏略而又无失漏。以无所作为的态度对待它们，使其自然实施；以无所事事的态度施行它们，使其互相适宜。不加整肃，而国家得到了治理；雍容谦逊，而海内却清平了。这就是为政的方法。

……

应该忧虑十件难事从而得以任用贤能：一是不知任用，二是无人荐进，三是虽有荐进但不能任用，四是能够任用而不能始终一贯，五是因小的怨恨而抛弃有大德的人，六是因很小的过错而贬退有大功的人，七是以小的失误来掩盖贤人大的美善，八是奸诈害人之人伤害忠诚正直之人，九是以邪僻的说教来扰乱正确的法度，十是听信心怀嫉妒之人的谗言而废弃贤能之人。这就是十件难事。不消除这十件事，贤臣就得不到任用。任用的臣下没有贤人，那么国家就不是当今掌权者的国家了。

应该观察九种风气，以确定国家的经常不变之法：第一是太平，第二是衰落，第三是微弱，第四是乖离，第五是混乱，第六是荒逸，第七是叛逆，第八是危险，第九是灭亡。

君臣之间关系亲密而各遵其礼，朝廷百官相处融洽而不盲目附和，互相谦让而不明争暗斗，勤于政事而从不抱怨，一心做好本职工作，这是太平国家的风气。礼仪习俗不统一，国家权位不威重，小臣嫉贤进谗，百姓议论朝政，这是衰落国家的风气。君主喜欢责怪别人，臣下喜欢贪图安逸，士人游手好闲，民众好流动而不安本业，这是虚弱国家的风气。君臣争着显示聪明，朝廷争夺功劳，士大夫争夺名誉，百姓争夺利益，这是乖离国家的风气。居上位的人多私欲，在下位的人多事端，没有一定的法律，政令出自多门，这是混乱国家的风气。把奢侈当作富足，把彼此抗衡当作高大，把无所节制当作开通，说遵从礼制太劳累，说严守法度太顽固，这是荒逸国家的风气。把苛刻看成细密，把私利看成公务，把损害部下当成有才能，把附和上级当成有忠心，这是叛乱国家的风气。君臣上下彼此疏远，朝廷内外互相蒙蔽，小臣争夺恩宠，大臣争夺权力，这是危险国家的风气。主上不询问，臣下不劝谏，妇人的言论得以采用，私家的政治得以推行，这是面临灭亡国家的风气。因此，皇帝必须审察国家的风气。

……

天子每日有四个时间，早晨用来处理政务，白天用来咨询访问，晚上用来修改完善政令，夜里用来安歇身体。上有作为顾问的师傅，下有可以商量的大臣。遇到大事可以请他们出谋划策，碰上小事也可以向他们询问请教。不拒绝直谏的言辞，不以向下面的人讨教为耻辱。公私之事均无过失，朝廷内外同心同德。这就叫上下有交。

有人问懂得治国的人须要统理好身边之事的道理。回答说："万物的根本在于自身，天下的根本在于家庭，治乱的根本在于左右的人。朝内的事情处理正确了，天下四方也就都安定了。"

有人问通晓大道的人所持原则十分简约的道理。回答说："有一个可以经常奉行的字，这就是恕；有一种可以经常实践的德行，这就是正。恕是实现仁的手段，正是实现义的要领。这话说得真是中肯、真是正确啊！

这就是大道的根本，万物变化都包括在它的中间。这就是不用着意思索却有所得，不用具体去做却有所成就，只要把它们时刻放在心上，就可以功盖天下。”

从天子到百姓，都同样存在着好恶哀乐这几种情感。富足简约，勤劳安乐，各有其制度。居上位者足以备礼，在下面的足以备乐，这就是大道。

天下国家是一个整体，君主是元首，大臣是股肱，民众是手足。下有愁苦的民众，主上就不全备音乐；下有饥饿的百姓，主上就不全备饭食；下有受冻的百姓，主上就不齐备衣服。赤着脚走路，头上却戴着庄重的冠冕，这是不符合礼仪制度的。所以脚受寒就会损伤心脏，民众挨冻就要伤害国家。

……

有人问为什么人主有公家征收的赋税而没有私自的索求，有公家的开支而没有私自的消费，有公家征用的劳役而没有私自的指使，有公家给予的赏赐而没有私人的恩惠，有为公而表示的愤怒而没有私人的怨恨。回答说：“私自索求就会使下民烦劳而无限度，这是伤害清明；私自消费就会使官府耗资而无限制，这是伤害制度；私自指使就会骚扰百姓而没有节制，这是伤害道义；私下给人恩惠就会使臣民产生幻想而缺乏一定标准，这是伤害公正；私下怨恨就会使臣民疑惑恐惧而心中不安，这是伤害仁德。”

……

有人问民众像水的道理。回答说：“要渡过大河，最好是乘船，其次是游水。游水既费力又危险，乘船既闲逸又安全。假若既不乘船，也不会游泳就跳进水去，肯定要被淹死。用智能治理民众就如同游水，用道德治理民众就如同乘船。让民众放纵情欲叫做乱，让民众根绝情欲叫做荒。”

那人又问：“那么应该怎么办呢？”回答说：“给情欲划定严格界限，使它不得越过，就如同把水限制在一定范围内，也使它不得越过一样。所以水只能使它不到处乱流，而不能使它不流。善于禁制情欲的，都是先禁制自己，然后才禁制别人；不善于禁制情欲的，却首先禁制别人，然后再禁制自己。能够做到不强使禁制而自然禁制，才算得上最善于禁制。政令的推行也是这样。至于自己放纵情欲，却让百姓约束情欲；官吏行使诈伪，却要百姓崇尚诚实；追求增加自己已经够多的财富，抢夺下民本已很少的收入；容易做的事自己不做，难做的事却强迫百姓去做。这些都是产生怨恨的根源，这也就是说治理国家的根本丧失了。

“君主统治百姓，如同钓鱼一样，手里拿着钓鱼竿，随钓钩活动，就能钓上鱼来；中央控制地方，如同赶马一样，用手协调着缰绳，使嚼勒随手的动作而配合转动，就能赶马前行。所以，治理之道的要领就在于不要使自身不依道行事。看到小孩赶鸡，可以明白驾御民众的方法。小孩赶鸡，赶得紧了，鸡就惊慌地飞跑，慢了鸡就停下不动。鸡往北跑，突然拦住，就掉头向南跑；鸡往南跑，突然拦住，就回头向北跑。逼近了鸡就乱飞起来，离远了鸡就自由自在地乱跑。应该在鸡不受惊扰的情况下再靠近它，在鸡慢慢走动而焦躁不安的时候用喂食的方法引诱它。这样用不赶的方法赶鸡，才是最好的赶鸡方法。鸡安定下来，也就自然顺着道路走进门去。”

首先是不赊账购求，其次是不进行偷窃，再次是不进行掠夺。主上用功勋恩惠安抚下民，下民用资财力役承奉主上，所以主上和下民是相互有所给予。赊账购求则民众不肯给予货物，见民众不给，便用伪诈之计拿取，这叫做偷窃。进行偷窃，民众会有所防备，见有所防备而无法得到，便用暴力逼迫而强取，这叫做掠夺。这样民众必然会起而上下争夺，灾祸和动乱也就不可避免了。

有人说：“圣明帝王因统有天下而欢乐。”我说：“不是的。圣明帝王因统有天下而忧虑，天下民众因拥有圣明帝王而欢乐。平庸君主因统有天下而欢乐，天下民众因上有平庸君主而忧虑。圣明帝王委屈自己而让天下民众增加欢乐,平庸君主总想扩充私欲而压制天下民众使其忧愁。能让天下民众增加欢乐,所以也就会得到欢乐的回报;压制天下民众使其忧愁,所以也就会陷入忧愁之中。这是天下的大道。”

太平之世以官位为贵有三个原因:一是使大道通达于天下,二是使恩惠通达于百姓,三是使仁德通达于自身。衰落之世以官位为贵也有三个原因:一是由于身分高贵而高人一等,二是由于有富足的家财奉养自己,三是由于能随心所欲地回报恩仇。太平之世的官位,是真正的官位;衰落之世的官位,则会产生灾祸。如果高人一等,就肯定会受到贬损,这是灾祸;如果只顾奉养自己,就肯定会遭到遗弃,这是灾祸;如果任意妄为,就肯定会有所行不通,这也是灾祸。

太平之世的大臣,所重视的和顺有三种:一是心情顺,二是职事顺,三是行道顺。衰落之世的大臣,所重视的和顺也有三种:一是身体顺,二是言辞顺,三是事务顺。太平之世的和顺,是真正的和顺;衰落之世的和顺,则会产生逆乱之事。如果只考虑身体之顺,就会丧失节操;如果只追求言辞之顺,就会违反忠贞;如果只顾及事务之顺,就会违反准则。君臣上下失去次序,官位就将变得轻贱;爵位品级不能稳定,官位就将变得轻贱;俸禄少而卑者受宠,官位就将变得轻贱;职务屡屡变更,官位就将变得轻贱；升迁转任频繁，官位就将变得轻贱；升降制度不明确，官位就将变得轻贱；不能以礼对待臣下，官位就将变得轻贱。官位轻贱而政权威重，这是不会有的事。“圣人最宝贵的东西叫做位”，轻贱了就会失掉自己最宝贵的东西。

时 事

时事，意思是当下应行之事。本篇所述“时事”共二十一条，前二条为纲，后十九条为目。这里节选的是前二条以及后十九条中的一、四、五、六、八、九、十、十一、十二、十四、十五、十六、十八、十九诸条。

针对东汉末年政治黑暗、奸诈横行的现实，本文强调既要根据变化了的形势及时调整政策，又要采取措施使民众保持素有的敦厚朴实的品德。作者主张对各级官吏进行全面考查，严格赏罚升降标准，还要整顿俸禄制度，增重史官职能，抑恶扬善，提高官僚机构的工作效率。为解决严重的土地兼并问题，作者提出了“耕而勿有”的设想。要求恢复“民乐行之”的五铢钱，繁荣社会生活。

盘庚迁殷①，革奢即约，化而裁之②，与时消息③，众寡盈虚，不常厥道④。尚知贵敦，古今之法也。民寡则用易足，土广则物易生，事简则业易定，厌乱则思治，创难则思静。

或曰：“三皇民至敦也⑤，其治至清也，天性乎？”曰：“皇民敦，秦民弊⑥，时也；山民朴，市民玩⑦，处也⑧；桀纣不易民而乱⑨，汤武不易民而治⑩，政也。皇民寡，寡斯

① 盘庚迁殷：盘庚，商朝第九代王。商代中期，贵族生活奢侈并侵迫平民，盘庚即位后，为消除弊政，“革奢即约”，缓和社会矛盾，从奄（今山东曲阜）迁都至殷（今河南安阳西北）。商从此又称为殷。 ② 裁之：指消除奢靡。裁，削减。 ③ 消息：谓斟酌损益，使之协调。消，消减。息，增长。 ④ 厥道：指为政之道。厥，其。 ⑤ 三皇：传说中远古时代的三位帝王。所指说法不一。其中，指为燧人、伏羲、神农之说（见《风俗通义·皇霸》引《礼纬·含文嘉》），反映了民族社会经济生活的发展过程，较为可信。 ⑥ 弊：低劣，坏。 ⑦ 玩：意思是喜欢玩赏。指风气轻浮。 ⑧ 处：指所处环境。 ⑨ 桀纣（jié zhòu 杰宙）：夏桀和商纣，分别是夏代、商代的最后一位国王，均以暴虐荒淫著称。 ⑩ 汤武：商汤和周武王，分别是商朝、周朝的建立者，均为历史上有名的圣主明君。

敦；皇治纯，纯斯清。奚惟性①？不求无益之物，不蓄难得之货，节华丽之饰，退利进之路，则民俗清矣；简小忌，去淫祀，绝奇怪，则妖伪息矣；致精诚，求诸己，正大事，则神明应矣；放邪说，去淫智，抑百家②，崇圣典③，则道义定矣；去浮华，举功实，绝末伎④，同本务⑤，则事业修矣。”

谁毁谁誉，誉其有试者，万事之概量也⑥。以兹举者试其事，处斯职者考其绩。赏罚失实⑦，以恶反之，人焉饰哉？语曰：“盗跖不能盗田尺寸⑧。”寸不可盗，况尺乎？夫事验，必若土田之张于野也⑨，则为私者寡矣；若乱之坠于澳也⑩，则可信者解矣。故有事考功，有言考用，动则考行，静则考守。

……

---

① 奚（xī希）：怎么，哪里。 ② 百家：指儒家以外的许多学派。 ③ 圣典：指儒家的经典。 ④ 末伎：指工商业。 ⑤ 本务：本业，指农桑之事。 ⑥ 概量：斗斛，称量粮食的器具。 ⑦ 失：原作“夫”，据一本改。 ⑧ 盗跖（zhí直）：相传为春秋末期有名的大盗，名跖。或说为柳下惠之弟，称柳下跖。 ⑨ 土：原作“上”，据钱培名《札记》改。 ⑩“若乱”句：意思是要截流横渡的船，却翻沉于岸边小湾中，可见其能力不足为信。乱：指截流横渡（的船）。坠：下沉。澳：水湾中可以停船的地方。

或问曰："州牧、刺史、监察御史①，三制孰优？"曰："时制而已。"曰："天下不既定其牧乎？"曰："古诸侯建家国，世位权柄存焉，于是置诸侯之贤者以牧②，总其纪纲而已，不统其政，不御其民。今郡县无常，权轻不固，而州牧秉其权重。势异于古，非所以强干弱枝也，而无益治民之实。监察御史斯可也。若权时之宜，则异论也。"

肉刑古也③。或曰："复之乎？"曰："古者人民盛焉，今也至寡。整众以威，抚寡以宽，道也。复刑非务必也。生刑而极死者④，复之可也。自古肉刑之除也，斩右趾者死也。惟复肉刑，是谓生死而息民。"

问德刑并用。"常典也。或先或后，时宜。刑教不行，势极也⑤。教初必简，刑始必略，事渐也。教化之隆，

---

① 州牧、刺史、监察御史：监察御史，即监御史，本秦官，掌监诸郡事务。汉初废，惠帝后一度复设。武帝时再废其职，分全国为十三部（州），部置刺史，负责监察境内郡县，官阶低于郡守。成帝、哀帝时曾改刺史为州牧。东汉初又称刺史。灵帝时再改刺史为州牧，居郡守之上，掌握一州的军政大权。如汉末刘表为荆州牧，袁绍为冀州牧，都与割据政权无异。 ② 以牧：以其为牧。 ③ 肉刑：指残害身体的刑罚，如墨（用刀刺刻面额，染上黑色）、劓（yì 艺，割掉鼻子）、斩右趾（斩掉右脚。趾，读 zhǐ 止，脚。）等。 ④ 生刑：对死刑而言，指笞（chī 痴，用竹板或荆条打人脊背或臀腿）等刑罚。极死：指死刑。 ⑤ 极：最严重。

莫不兴行，然后责备；刑法之定，莫不避罪，然后求密。未可以备，谓之虚教；未可以密，谓之峻刑。虚教伤化，峻刑害民，君子弗由也。设必违之教，不量民力之未能，是招民于恶也，故谓之伤化；设必犯之法，不度民情之不堪①，是陷民于罪也，故谓之害民。莫不兴行，则一毫之善可得而劝也②，然后教备；莫不避罪，则纤介之恶可得而禁也，然后刑密。"

……

或问禄。曰："古之禄也备③，汉之禄也轻。夫禄必称位④。一物不称，非制也。公禄贬则私利生，私利生则廉者匮而贪者丰也。夫丰贪生私，匮廉贬公，是乱也。先王重之。"曰："禄可增乎？"曰："民家财愆⑤，增之宜矣。"或曰："今禄如何？"曰："时匮也。禄依食，食依民，参相澹⑥。必也正贪禄，省闲冗，与时消息，昭惠恤下，损益以度可也。"

诸侯不专封。富人名田逾限⑦，富过公侯，是自封也。大夫不专地。人卖买由己，是专地也。或曰："复井

---

① 度(duó 夺)：揣度，考虑。 ② 一毫：形容极其微小。十丝为一毫，十毫为一厘。 ③ 备：全，引申为多的意思。 ④ 称(chèn 趁)：相符。 ⑤ 愆(qiān 牵)：过失，这里指过多。 ⑥ 澹(shàn 善)：通"赡"，供给。 ⑦ 名田：以私人名义占有土地。

田与①?”曰:“否。专地非古也,井田非今也。”“然则如之何?”曰:“耕而勿有,以俟制度可也②。”

或问货。曰:“五铢之制宜矣③。”曰:“今废,如之何?”曰:“海内既平④,行之而已。”曰:“钱散矣,京畿虚矣⑤,其势必积于远方。若果行之,则彼以无用之钱,市吾有用之物,是匮近而丰远也。”曰:“事势有不得⑥,官之所急者谷也。牛马之禁,不得出百里之外。若其他物,彼以其钱取之于左,用之于右,贸迁有无,周而通之,海内一家,何患焉?”曰:“钱寡矣。”曰:“钱寡民易矣。若钱既通而不周于用,然后官铸而补之。”或曰:“收民之藏钱者,输之官牧⑦,远输之京师,然后行之。”曰:“事枉而难

① 井田:相传为商周时代实行过的土地制度。因这种土地划作“井”字形,故名。主要内容是国家将公有的每方里土地按“井”字形划作九区,中一区为公田,余八区为私田,分授给八家农民。公田由八家助耕,收获上缴。公事完毕,才能耕种私田。男子成年受田,老、死还田(参见《周礼·考工记·匠人》、《孟子·滕文公上》等)。与(yú 于):句末语气词,表示疑问。 ② 俟(sì 似):等待。 ③ 五铢(zhū 朱):一种铜币。钱重五铢(一两的 1/24 为一铢),上有“五铢”二篆字,故名,始铸于汉武帝元狩五年(前 118),东汉一直使用。献帝初平元年(190),董卓下令废止,另铸小钱。 ④ 海内既平:指董卓被诛杀,事在初平三年(192)。 ⑤ 京畿(jī 机):国都所在地及其行政官署所管辖的地区。 ⑥ 不得:指非常之时。 ⑦ 官牧:指地方官员。

实者，欺慢必众①，奸伪必作，争讼必繁，刑杀必深。吁嗟纷扰之声②，章乎天下矣③，非所以抚遗民，成缉熙也！”曰：“然则收而积之与？”曰：“通市其可也。”或曰：“改铸四铢。”曰：“难矣。”或曰：“遂废之④。”曰：“钱实便于事用，民乐行之，禁之难。今开难令以绝便事，禁民所乐，不茂矣⑤。”曰：“起而行之，钱不可，如之何？”曰：“尚之废之，弗得已，何忧焉？”

圣王先成民而后致力于神。民事未定，郡祀有阙⑥，不为尤矣。必也举其重而祀之，望祀五岳四渎⑦。其神之祀，县有旧常⑧。若今郡祀之，而其祀礼物，从鲜可

---

① 欺慢：指弄虚作假的现象。 ② 吁嗟（xū jiē 虚皆）：哀叹，叹息。 ③ 章：通“彰”，显扬。 ④ 遂：于是，就。 ⑤ 不茂：指国家难以兴盛。 ⑥ 阙：通“缺”。 ⑦ 五岳四渎（dú 独）：五岳，五大名山的总称，即东岳泰山（又称岱宗）、南岳衡山（时指今安徽霍山南的衡山，又名霍山、天柱山）、西岳华山、北岳恒山（时指今河北曲阳西北的恒山）、中岳嵩山。四渎，四条大河的总称，即江（长江）、河（黄河）、淮（淮河）、济（济水，包括今山东境内的小清河等）。相传五岳四渎为群神所居之地，历代帝王多往祭祀。 ⑧ 县有旧常：指五岳四渎的祭祀机构，按汉朝旧制，一直设在其坐落或流经的某一县境内，如岱宗庙在博县（治所在今山东泰安东南）西北三十里，河庙在荥阳县（治所在今河南荥阳东北）河堤。

也①。礼重本，示民不偷②，且昭典物，其备物以丰年③。……

天子南面听天下④，向明而治，盖取诸《离》⑤，天之道也；月正听朝⑥，国家之大事也。宜正其仪，以明旧典。

古有掌阴阳之礼之官，以教后宫⑦，掌妇学之法，妇德、妇言、妇功，各率其属，而以时御序于王⑧，先王礼也。宜崇其教以先内政⑨，览列图，诵列传⑩，遵典行。内史

---

① 从（zhòng纵）："纵"的古字，纵然。鲜（xiǎn显）：少。 ② 偷：苟且从事。 ③ 诸本此后尚有"日月之灾"等九字，疑为窜乱之句，今不录。 ④ 南面：古代以坐北朝南为尊位，故帝王或诸侯见群臣，或卿大夫见僚属，均面向南而坐，因用以指居帝王或诸侯、卿大夫之位。 ⑤ 离：指《周易》的《离卦》。《周易·说卦》："离也者，明也，万物皆相见，南方之卦也。圣人南面而听天下，向明而治，盖取诸此也。" ⑥ 月正（zhēng征）：正月，农历一年的第一个月。 ⑦ "古有"二句：《周礼·天官·内宰》：内宰"以阴礼教六宫，以阴礼教九嫔，以妇职之法教九御"。这里用其说。 ⑧ "掌妇"以下四句：《周礼·天官·九嫔》："九嫔掌妇学之法，以教九御，妇德、妇言、妇容、妇功，各帅其属，而以时御叙于王所。"这里用其说。妇德，指贞节柔顺。妇言，指应对辞令。"妇言"下当脱"妇容"二字，指妇女的体态举止。妇功，指妇女应从事的各种工作的技能，如丝麻纺绩等。御序，同"御叙"，按一定的尊卑次序侍寝。 ⑨ 内政：指宫内的行政事务。 ⑩ "览列图"二句：汉成帝时，刘向撰《列女传》，凡七篇（合颂为八篇），收录自虞舜时代至西汉中期百余名妇女的言行事迹，并图画其像于屏风四堵，以劝诫皇帝，训教妇女。"列图"、"列传"当指此。

执其彤管①,记善书过,考行黜陟,以章好恶②。男女正位乎外内,正家而天下定矣,故二仪立而大业成③。

备博士④,广太学⑤,而祀孔子焉,礼也。仲尼作经,本一而已。古今文不同⑥,而皆自谓真本经。古今先师,义一而已,异家别说不同,而皆自谓古今。仲尼邈而靡质⑦,昔先师没而无闻⑧,将谁使折之者?秦之灭学也,书藏于屋壁,义绝于朝野。逮至汉兴,收摭散滞⑨,固已无全学矣。文有磨灭,言有楚夏⑩,出有先后,或学者先

---

① 内史:掌管后宫礼仪的女官,为女史之一。彤管:女史记事所用的红管笔。 ② 章:通"彰"。 ③ 此后诸本有"君子之道"等十三字,疑为窜乱之文,今不录。 ④ 博士:学官名,源于战国。秦及汉初,掌古今史事待问及典籍等。汉武帝后专掌经学传授。 ⑤ 太学:即国学,设于国都的最高学府。汉自武帝始置太学,立五经博士,备弟子员。 ⑥ 古今文:指古文经和今文经。古文经,即用先秦古文书写而由汉代学者加以训释的儒家经典。今文经,即汉代学者传述的用当时通行的文字(隶书)记录的儒家经典。二者不仅书写的字体不同,字句、篇章、解释,以及对古代制度、人物的评价也有不同。汉代古文经学和今文经学为取得立博士的正统地位,一直进行辩难和纷争。 ⑦ 靡(mǐ 米):无。 ⑧ 闻:原作"间",据他本改。 ⑨ 摭(zhí 直):拾取。 ⑩ 楚夏:分别称南方的楚国之地和北方夏(华夏)族聚居的中原地区。这里代指南方和北方。

意有所借定，后进相放①，弥以滋蔓，故一源十流，天水违行②，而讼者纷如也。执不俱是③，比而论之，必有可参者焉。

或曰："至德要道约尔。典籍甚富，如而博之以求约也？""语有之曰：'有鸟将来，张罗待之，得鸟者一目也。今为一目之罗，无时得鸟矣。'道虽要也，非博无以通矣。博其方，约其说。"

……

尚主之制非古也④。厘降二女，陶唐之典⑤；归妹元吉，帝乙之训⑥；王姬归齐，宗周之礼⑦。以阴乘阳违天，以妇凌夫违人。违天不详，违人不义。

---

① 放（fǎng 仿）：仿效。 ② 天水违行：古人对天文地理现象缺乏科学认识，见日月星辰的运转皆由东向西，便认为天向西转；见江河皆流向东方，便认为水向东流，天与水相背而行。 ③ 执：通"势"。从孙诒让（《札迻》）说。 ④ 尚主：娶公主为妻。尚，承奉，奉事。因尊帝王之女，不敢言娶，故云。⑤"厘降"二句：据《尚书·尧典》，帝尧曾将两个女儿嫁给尚为百姓的舜。厘降：下嫁。陶唐：即尧，以其为陶唐氏，故称。⑥"归妹"二句：《周易·泰》："帝乙归妹以祉，元吉。"商代国王帝乙曾将小女儿嫁与时为诸侯的周文王。归：嫁。妹：少女的通称。元：大。 ⑦"王姬"二句：《诗经·召南·何彼秾矣》毛序："虽则王姬，亦下嫁于诸侯。"王姬，周王（姬姓）之女的通称。宗周，指周王朝。因周为所封诸侯国之宗主国，故称。

古者天子、诸侯有事，必告于庙。朝有二史，左史记言，右史记动①。动为《春秋》，言为《尚书》。君举必记，臧否成败无不存焉②，下及士庶，等各有异，咸在载籍。或欲显而不得，或欲隐而名章③。得失一朝，而荣辱千载。善人劝焉，淫人惧焉。故先王重之，以副赏罚④，以辅法教。宜于今者，官以其日，各书其事，岁尽则集之于尚书⑤。若史官使掌典其事，不书诡常，为善恶则书，言行足以为法式则书，立功事则书，兵戎动众则书，四夷朝献则书⑥，皇后、贵人、太子拜立则书⑦，公主、大臣拜免则书，福淫祸乱则书，祥瑞灾异则书。先帝故事有起居注⑧，日用动静之节必书焉。宜复其式，内史掌之，以纪内事。

---

① 左史记言，右史记动：《礼记·玉藻》说“动则左史书之，言则右史书之”，当属传闻异辞。左史、右史，均为周代史官。动，行动。 ② 臧否(pǐ 痞)：善恶，得失。 ③ 章：通“彰”，显扬。 ④ 副：原作“嗣”，据《群书治要》改。 ⑤“各书”二句：“事”、“岁”二字原脱，据《群书治要》补。尚书：东汉时为掌管文书章奏，协助皇帝处理政务的官员。 ⑥ 四夷：泛指周边各少数民族。东夷、西戎、南蛮、北狄旧时统称“四夷”。 ⑦ 贵人：妃嫔的称号，东汉时地位仅次于皇后。 ⑧ 故事：先例，旧日的典章制度。起居注：帝王的言行录。

【翻译】

盘庚将商朝的都城迁到殷，革除奢侈之风而趋于简约，经过教化而予以裁损，随时间变化而进行斟酌损益，事众事寡、时多时少，及时调整为政之道。尊崇知识而推重朴实敦厚，这是古往今来的一条法则。民众稀少则财用容易满足，土地广阔则万物容易生长，事情简约则功业容易成就，厌恶动乱就会希望太平，创业艰难就会希望安定。

有人问："三皇时代的民众极为敦厚朴实，政治非常清明，这是由于人的天性吗？"回答说："三皇时代的民众敦厚，秦朝的民众道德败坏，这是由于所处的时代不同；山地的民众淳朴，城市的民众轻浮，这是由于生活的环境不同；夏桀和商纣统治时是这些民众，就发生了动乱，商汤和周武王统治时还是这些民众，却实现了太平，这是由于政治不同。三皇时代民众稀少，稀少了就淳朴；三皇时政治单纯，单纯了就清明。这哪里只是天性？不追求毫无益处的东西，不积蓄难以得到的财货，节制华丽的修饰，遏止为利仕进之路，民间习俗就会清明起来；减少烦琐无谓的禁忌，取消违背典礼的祭祀，断绝奇奇怪怪的事情，那么怪异伪诈就会停止；致力于精诚，对自己严格要求，正确处理国家大事，那么上天就会应合符验；消除错误的说教，清除各种诡计，抑制百家学说，推重圣人的经典，那么道德正义就会确立起来；清除浮华的言行，注重实际的功效，禁绝工商末业，使百姓共同致力于农桑之事，这样国家的事业就整饬修明了。”

诋毁了谁，称赞了谁，对所称赞的人应该是经过考查的，这是衡量世间各种事情的标准原则。由于某事而被举荐的，就要考查他做的那件事；担任某种职务的，就要考查他任职时的成绩。不按照实际进行赏罚，由于个人憎恶而在赏罚时颠倒功过，这对世人怎能掩饰得了呢？俗话说得好：“盗跖不能偷盗一尺一寸的农田。”连一寸都不能偷盗，何况是一尺呢？事情的检验，必定像农垦的田地公开分布在原野上一样，那么贪图私利的人就少了；如同船只要截流横渡而在水湾里就翻沉一样，那么值得信任的说法就被粉碎了。因此应该在工作中考查其功绩成效，有言语主张则考查他在实践中的功用，于调迁时考查其态度，在位时考查其职守。

……

有人问：“州牧、刺史、监察御史，三种官制中哪一种好？”回答说：“根据时代所定罢了。”又问：“国家不是已经确定了州牧制度吗？”答道：“古代诸侯建立国家，握有世代相承的官位和权柄，于是选定诸侯中的贤者为牧，他们只是总揽大纲大法而已，不主管政务，不统御民众。现在郡县建置多变，权力又小又不稳，但州牧所持权力却很大。目前的形势不同于古代,这不是用来达到强干弱枝的办法,而且也无益于治理百姓的实际作用。监察御史的制度则是可以实行的。不过,如果要根据一时的变化而采取相应的临时性措施,那就另当别论了。”

肉刑是古代的刑法。有人问:“可以恢复它吗?”回答说:“古代民众繁盛,现在却非常稀少。以威严整治众多的民众,以宽容抚恤稀少的民众,这是常规。恢复肉刑并非目前必须要做的事情。当然对于本来是生刑而改为死刑的那部分肉刑,恢复起来还是可以的。自从古代的肉刑废止以后,斩掉右脚的刑罚也改成了死刑。只有恢复这部分肉刑,才称得上是使死者复生而让民众得以生息。”

有人问德刑并用的道理。回答说:“德教和刑法都是治理国家的常规常法。二者的运用,有的先德后刑,有的先刑后德,必须因时制宜。二者都不能运用,国家的形势就极其危险了。德教起初推行一定要简明,刑法开始实施一定要简略,因为事情是逐步发展的。到德教隆盛,人们无不遵行之后,才可以要求完备;到刑法确定,人们无不避免犯罪之后,才可以要求严密。在无法要求完备的时候要求完备,就成为不切实际的德教;在无法要求严密的时候要求严密,就成为过于残酷的刑法。不切实际的德教会损害教化的作用,过于残酷的刑法会损害百姓,君子是不这样做的。制定百姓必定会违背的教化之方,不考虑民力难以遵行,这是引导百姓干坏事,这样就损害了教化的作用;制定百姓必定会有所触犯的刑法条律,不考虑民情难以承受,这是引导百姓去犯罪,这样就是损害百姓。如果百姓无不遵行德教,连做了极小的好事都会得到鼓励,这样就可以要求完备;如果没有一个犯罪,连要干极小的坏事都会受到制止,这样就可以要求刑法的严密。"

……

有人问起俸禄的问题。回答说:"古时的俸禄充足,汉朝的俸禄微薄。俸禄必须和职位相称。即使有一事不相称,也是违背了制度。国家的俸禄减少了,私利就会出现,私利出现了,清廉的人就生计困难而贪污的人家财富足。贪污的人富足了,私心就要滋长;清廉的人困难了,公利就要受损。这是动乱的根源。所以先王对此事非常重视。"又问:"可以增加一些俸禄吗?"答道:"百姓家财过多了,增加一些还是可以的。"又问:"现在俸禄的情况怎么样?"回答说:"现在很匮乏。俸禄的发放要靠粮食的生产,粮食的生产则要靠百姓的劳动,它们是相互依赖的。一定要做的就是要纠正贪图禄利的现象,裁减闲散多余的官吏,随时间的变化而斟酌制定合宜的政策,显示恩惠,体恤下情,按照标准进行增减,这就行了。”

诸侯不能擅自分封土地。现在富人以私人名义占有的田地超过了规定限度，比公侯还富，这就是自己分封土地了。大夫不能擅自处置领地，现在人们却能够自由买卖农田，这就是擅自处置领地了。有人问：“可以恢复井田制度吗？”回答说：“不可以。擅自处置领地不符合古代的制度，井田制度也不适应现在的情况。”又问：“那么应该怎么办呢？”答道：“让人们耕种但不允许占有，以等待新制度的确定，这样就行了。”

有人问起货币问题。回答说：“采用五铢钱比较合适。”又问：“现在它被废止了，应该怎么办呢？”回答是：“现在国内已经平定，重新实行它就是了。”有人又说：“五铢钱早就四处流散，京都地区很空虚了，看样子肯定积贮在远方。如果真的使用五铢钱，那么远方的人就将拿着没有用的钱，来买我们有用的物品，这是让近处贫乏而远方富足。”回答是：“形势紧急之时，官府最需要的是粮食。同时牛马有禁令，不得赶到百里之外去。至于其他物品，他们拿钱从甲地买走，又用到乙地。以贸易互通有无，周转流通，天下一家，还有什么值得担心的呢？”有人又说：“可是钱太少了。”回答是：“钱少了，人们却把它交换出去了。假如流通以后不够用的，官府可再铸造一些加以补充。”有人又说：“可以把百姓收藏的钱搜集起来，送到当地官员那里，从远方运到京都，然后再推行下去。”回答是：“凡是事情不合正理而又难于实行的，欺骗的情况必然频繁，奸诈和虚伪的现象必然发生，人们之间的争讼肯定会多起来，刑罚和诛杀也肯定会加重。叹息怨愤之声就会遍及天下了，这可不是用来抚恤动乱后的人民，成就光明之业的做法啊！”又问：“既然如此，还把钱收集和积存起来吗？”回答是：“互相流通就行了。”有人说：“可以改铸四铢钱。”回答道：“那就太难了。”又有人说：“那就把钱废掉算了。”回答道：“钱确实便于使用，百姓喜欢用它，加以禁止是非常困难的。目前颁布难以推行的政令而废止方便于民的事情，禁绝百姓喜欢的东西，国家是不会兴盛的。”有人问：“开始实行它，可目前钱币又不能继续使用，怎么办？”回答说：“或行用或废止，都是不得已的事，有什么忧虑的呢？”

圣明帝王首先成就民事，然后再致力于神事。民事尚未办好，郡中祭祀纵然有缺而不祀的情况，也算不上什么过失。一定要祭祀的话，也应该选择主要的神灵进行祭祀，遥望而祝祭五岳四渎。其神灵的祭祀，各县都有既定的制度。至于现在各郡的祭祀，所用祭礼祭物纵然少一些也还是可以的。礼要注重根本大事，教导百姓不要苟且，而且昭明国家的典章制度，备办各种祭物以求得丰收的年成。

……

天子南向治理天下，面朝光明来处理政务，大概是取义于《周易·离卦》，这是顺应天道的。正月里主持朝会，听理朝政，这是国家的大事。应该辨正制定它的礼节仪式，以昭明传统的典章制度。

古代有负责执行阴阳之礼的官员，来训教后宫妃嫔，她们掌管妇女所应学习的法规，教导妇女掌握德行、辞令、举止和工作技能，各自率领属下，按照规定的时间和次序，侍寝于王，这是先王制定的礼仪。应该推重这种训教，首先搞好宫内的事务，让妃嫔经常观看“列女”画像，诵读“列女”传记，遵行礼制法度。内史执握彤管，记下她们的善行和过失，经过考查她们的行为给以升迁和贬废，从而彰显她们的优劣。男女分别以内外来规定其位置，家庭能够正确地进行规定，天下也就安定了，所以阴阳二仪的秩序建立起来了，国家的大业就将取得成功。

备置博士，广立太学，祭祀孔子，这是礼的规定。孔子述作经典，本来没有什么文字的歧异。后来出现古文和今文两种不同的本子，两家都说自己的本子是真正的孔子原本。古文经和今文经的先师们所持的经义，本来也是相同的，与他们不同的别家别派又都不同，然而也都自说是“古文”“今文”。孔子离现在的时代已经非常遥远了，无法来加以质正。以往的先师也早已故去，听不到这些纠纷了。又有谁能来判定是非呢？秦朝灭绝儒家之学，一些典籍藏于屋壁之中，经义丧失于朝野内外。到了汉朝建立以后，收聚散佚的经籍，但已没有完备的了。这些经典，文字有所磨灭，语言有南北的区别，出现的时间也有先有后，某些学者早先有所假定，后来的人竞相仿效，而且越来越向不同的方向阐释发挥，以至在经学上出现了一源十流、互相矛盾的局面，争讼辩论纷纷乱乱。势必不会两方面都正确，相互比较，进行研究，其中一定都有一些可以参考之处。

有人说："最为高尚的道德和极其切要的道理都十分简约。然而典籍繁富，怎么能从广博再求简约呢？"回答是："有句俗话说：'看见鸟儿快飞过来了，赶紧张开罗网等着，但最后只是在一个网眼上抓到鸟儿。不过假如现在制造仅有一个网眼的罗网，那就没机会抓到鸟了。'一定的道理尽管很切要，但如果没有广博的知识做基础，仍然无以通晓。应该把方法搞得广泛一些，把说解搞得简约一些。"

……

"尚主"之制并不是自古以来就有的。将两个女儿下嫁，是陶唐的制度；嫁小女而获大吉，是帝乙的规矩；王姬下嫁于齐国，是周朝的礼法。用阴气来压抑阳气，这是违背上天之道；以妇人来凌驾于丈夫之上，这是违背为人之道。违背上天之道就不会吉利，违背为人之道就属于不义。

古代天子、诸侯有所行事，都要到祖庙向祖先禀报，朝廷内设有两名史官，左史记录言论，右史记录行动。记录行动的为《春秋》，记录言论的为《尚书》。国君的一举一动都要记录下来，善恶成败无不存录于此，下至士人平民之事，按照不同的等级，也都在书籍中有所记载。有的想让自己彰显于世，但却难以如愿；有的想使自己不被人知，但名声反而得以彰显。一时的得失，会导致上千年的荣辱。好人会由此得到勉励，恶人会对此感到忧惧。所以先王非常重视这件事，用它来配合赏赐和处罚，辅助刑法和教化。对今天比较适合的是，官吏在职期间，各自记录所行之事，年终时汇集到尚书那里。至于史官，更应让他们负责这一事情，除了不记录那些无价值的诡异之事，做了好事和坏事要记录，言行足可当作法则和标准的要记录，创立功业要记录，发生战争、大规模兴动百姓要记录，周围各族前来朝拜和进献要记录，皇后、贵人、太子拜立要记录，公主、大臣加封和册免要记录，福善祸恶有所报应要记录，出现祥瑞和灾异要记录。先帝制度有起居注，日常生活的细节都加以记录。应该恢复这一制度，让内史具体负责，记载宫内的事情。

俗嫌

俗嫌，意思是世俗中令人怀疑而不可信的东西。本篇基本内容是批评禁忌迷信和谶纬等，共十五节，这里选译了其中的八节。

谶纬与卜筮以及禁忌迷信之事在东汉盛极一时，作者对此给予了不少指责。本文强调人事的重要作用，把吉凶祸福同能否实行德政联系起来；同时尖锐地揭露了逃避疾厄之法和求为神仙之术的荒诞不经，肯定人的生老病死是一种无法抗拒的自然现象。对于当时广为流传的纬书，作者认为它们只不过是假托孔子之名的一些以伪乱真之作；然而，作者又反对将纬书付之一炬，认为其间亦有资于经术，有助于文章的东西。凡此都很有见地，有一定的进步意义。

或问卜筮①。曰："德斯益，否斯损。"曰："何谓也？""吉而济，凶而救之谓益；吉而恃，凶而怠之谓损。"

或问日时群忌②。曰："此天地之数也，非吉凶所生也。东方主生，死者不鲜③；西方主杀，生者不寡；南方火也，居之不燋④；北方水也，蹈之不沉。故甲子昧爽，殷灭周兴⑤；咸阳之地⑥，秦亡汉隆。"

……

或曰："祈请者诚以接神，自然应也。故精以底之⑦，牺牲玉帛以昭祈请⑧，吉朔以通之⑨。""礼云礼云，玉帛云乎哉？请云祈云，酒膳云乎哉？非其礼则或愆，非其请则不应。"

……

---

① 卜筮(shì 世)：古时预测吉凶，用龟甲占算称卜，用蓍(shī 诗)草占算称筮，合称"卜筮"。 ② 日：原作"曰"，据卢文弨《群书拾补》改。 ③ 鲜：少。 ④ 燋(jiāo 焦)：通"焦"。 ⑤ "甲子"二句：说的是周武王消灭殷纣王的事，事见《尚书·牧誓》。甲子：指甲子日。昧爽：拂晓，天未全明之时。 ⑥ 咸阳：秦朝都城，在今陕西咸阳东北20里。 ⑦ 底：通"抵"，达到。 ⑧ 牺牲：供祭祀用的牲畜。玉帛：瑞玉和束帛，祭祀、会盟、朝聘时用的珍贵礼品。 ⑨ 吉朔：吉旦，农历每月初一。

或问："避疾厄，有诸？"曰："夫疾厄，何为者也？非身则神。身不可避，神不可逃，可避非身，可逃非神也。持身随天，万里不逸。譬诸孺子掩目巨夫之掖而曰逃[①]，可乎？"

……

或问神仙之术。曰："诞哉，末之也已矣！圣人弗学，非恶生也。终始，运也；短长，数也。运数非人力之为也。"曰："亦有仙人乎？"曰："僬侥桂莽[②]，产乎异俗，就有仙人，亦殊类矣。"

……

或问："仁者寿，何谓也？"曰："仁者内不伤性，外不伤物，上不违天，下不违人，处正居中，形神以和，故咎征不至，而休嘉集之，寿之术也。"曰："颜、冉何[③]？"曰："命也。麦不终夏，花不济春，如和气何[④]？虽云其短，长亦

---

① 掖：通"腋"，胳肢窝。 ② 僬侥(jiāo yáo 焦尧)：古代传说中的小人国名。其人身长一尺半，或说三尺。桂莽：传说中的大人国名，其人身材极高。 ③ 颜冉：指孔子弟子颜回(子渊)和冉耕(伯牛)，二人皆以德行著称。颜回年三十二早死，冉耕有恶疾而卒。 ④ "如和气"句：对于和气又怎么样呢？意思说和气不是一样起作用吗？和气：古时指天地间阴气与阳气交合而成的气，万物由此而生。

在其中矣①。”

或问黄白之俦②。曰:“傅毅论之当也③,燔埴为瓦则可④,烁瓦为铜则不可⑤。以自然验于不然,诡哉!歒犬羊之肉以造马牛⑥,不幾矣⑦,不其然欤?”

世称纬书仲尼之作也⑧,臣悦叔父、故司空爽辨之⑨,盖发其伪也。有起于中兴之前⑩,终张之徒之作乎⑪?或曰:“杂。”曰:“以己杂仲尼乎,以仲尼杂己乎?若彼者,以仲尼杂己而已。然则可谓八十一首非仲尼之作矣⑫。”或曰:“燔诸?”曰:“仲尼之作则否,有取焉则可,

---

①“长亦在”句:意思说颜冉未失其德,自然而终,亦可称得寿。②黄白:金银。黄,黄金;白,白银。俦(chóu 筹):类。③傅毅:东汉初期人。曾为兰台令史,与班固、贾逵共典校书,以文雅显于朝廷。④燔(fán 凡):焚烧。埴(zhí 直):粘土。⑤烁(shuò 朔):熔化。⑥歒:当为“歊”字之讹。歊(xiāo 消),蒸煮。⑦不幾(jì 记):没有希望,不可希求。幾,通“冀”。⑧纬书:一种假托儒家经义以宣扬符瑞迷信的著作。⑨“臣悦”句:据《后汉书·荀爽传》,荀悦的叔父荀爽,献帝时曾任司空,著有《辨谶》,今佚。⑩中兴:指汉光武帝刘秀“中兴”汉室,建立东汉王朝。⑪终张:疑当作“终术”,即助王莽造符命的田终术,见《汉书·翟方进传》及《王莽传》(参见范文澜《文心雕龙(正纬)注》)。⑫八十一首:即纬书八十一篇,包括“河图”九篇,“洛书”六篇,“七经纬”三十六篇,还有“云自初起至于孔子,九圣之所增演,以广其意”的三十篇。见《隋书·经籍志》六艺纬类序。

曷其燔[①]？在上者不受虚言，不听浮术，不采华名，不兴伪事，言必有用，术必有典，名必有实，事必有功。”

【翻译】

有人问起卜筮的问题。回答说：“有仁德就会得到好处，否则就会受到损害。”又问：“这是什么意思？”答道：“得吉象时据以行动，遇凶兆时及时挽救，这就叫得到好处；得吉象时加以依赖，遇凶兆时松懈怠慢，这就叫受到损害。”

有人问起逢日逢时的禁忌问题。回答说：“时日是天地运转规律的表现，决不会导致吉凶。人们说东方是主生的，可住在那里的人并不是死得特别少；西方是主杀的，可住在那里的人活着的也很多；南方属火，可住在那里的人并没有被烧焦；北方属水，可人到那里也并没有被淹死。所以同在一个甲子日的凌晨，殷朝灭亡了而周朝却得了天下；同在咸阳一个地方，秦朝灭亡了而汉朝却兴盛起来。”

……

有人说：“祈祷请求的人以虔诚的态度去交接天神，自然就会有感应。所以要用精诚之志来从事达致，用牺牲玉

① 曷(hé 何)：为什么。

帛来表明其祈祷请求，并在吉旦之日与神沟通交流。”回答说：“礼呀礼呀，仅是指玉帛等礼品而说的吗？请呀祈呀，仅是指酒膳等食物而说的吗？假如不遵循礼法规定，就会有差错；假如请其所不应请，上天就不会有感应。”

……

有人问：“有逃避灾祸的事吗？”回答说：“灾祸要降临到哪里呢？不是人的身体，就是人的精神。人的身体无法躲避，人的精神也无法逃脱，可以躲避的不是人的身体，可以逃脱的也不是人的精神。让自己的身体在天底下走，行之万里也不会走到天外去。好比一个小孩，在巨人的腋下用手遮住眼睛，把这叫做逃避，行吗？”

……

有人问起学成神仙的方法。回答说：“荒谬啊！对这种本来就没有的事情，就算了吧。圣人不去学它，并不是不喜欢长生。有始有终是自然的气运，有长有短是自然的定数。气运和定数，不是人力所能决定的。”又问：“究竟有没有神仙呢？”回答道：“有人说有小人国和大人国，都是在与我们习俗完全不同的地方，即使有神仙，也跟我们人不是同类。”

……

有人问：“有仁德的人长寿，是指什么说的？”回答道：“有仁德的人内不损伤心性，外不危害他物，上不违反天道，下不违背人事，立身处世，中正不倚，形体和精神协调一致，所以灾祸的征兆不会出现，美好嘉祥的东西却汇集于其身。这是获得长寿的方法。”又问：“那么颜回和冉耕又是怎么一回事呢？”回答说：“这是命运造成的。麦子不能度过夏天，鲜花不能度过春天，对于和气说又能怎么样呢？虽说颜、冉寿命很短，但长也在其中了。”

有人问起冶炼黄金白银一类的事情。回答说：“傅毅对此讲得很正确，把粘土烧制成瓦是可以的，把瓦烧制成铜就不可能了。用本身如此的事情去检验本身不可能如此的事情，就可以知道它是荒谬的。假若想煮狗肉羊肉去造出一头牛一匹马，那是毫无希望的，难道不是这样吗？”

世间称纬书为孔子所作，我的叔父、前司空荀爽曾对此进行考辨，其目的在于揭示纬书之伪。纬书中有不少是产生于中兴之前，大概由田终术之徒造作的吧？有人说：“纬书非常驳杂。”回答说：“是用自己的学说去掺杂孔子的经义呢，还是将孔子的学说掺杂到自己的学说里来呢？像这些纬书，不过是将孔子的经义掺杂到自己的学说里罢了。既然如此，可以说纬书八十一篇并非孔子所作的了。”有人问：“需要将它们烧掉吗？”回答道：“说它们为孔子所作是不对的，说它们有可取之处则是可以的，为什么非要烧掉呢？居上位的人不接受虚妄的言论，不信从虚浮的技艺，不采用华而不实的名称，不兴作伪诈的事业，言论一定要有用于世，技巧一定要合乎法度，名称一定要实事求是，事业一定要有其功效。”

杂言 上

本篇与下篇皆泛论义理，不专一门，故曰“杂言”，形式“颇似扬雄《法言》”(《四库全书总目》)。选译时有所删略。

作者强调学习的重要性，认为人可以为尧舜，亦可以为桀纣，关键要看其学习了哪些东西，接受了哪种教育。他主张借鉴于前代，借鉴于百姓，吸取历史经验和教训，听取百姓呼声和要求。

作者指出必须正确处理君臣关系，认为君臣二者同样重要，是“两立”的；臣下对君主应该尽忠直之道，君主则应广开言路，悉心纳谏，任贤用公。

作者主张为人处事当以和谐融洽为原则，推崇孔子“和而不同”的观点，反对简单的同一和绝对的屈从。他还提出，人们应当保持高尚的道德情操，“为世忧乐”，心怀天下，认为这是“君子之志”。

或问曰：“君子曷敦乎学①？”曰：“生而知之者寡矣，学而知之者众矣②。悠悠之民，泄泄之士③，明明之治，汶汶之乱④，皆学废兴之由，敦之不亦宜乎？”

君子有三鉴：鉴乎前，鉴乎人，鉴乎镜。前惟训⑤，人惟贤，镜惟明。夏商之衰，不鉴于禹汤也⑥；周秦之弊，不鉴于民下也；侧弁垢颜，不鉴于明镜也。故君子惟鉴之务。若夫侧景之镜⑦，亡鉴矣⑧。

或问：“致治之要，君乎？”曰：“两立哉！非天地不生物，非君臣不成治。首之者，天地也；统之者，君臣也哉！

① 敦：勉力。 ② 众：原作“寡”，据卢文弨《群书拾补》改。 ③ 泄泄（yì yì 意意）：精神萎靡的样子。 ④ 汶汶（mén mén 门门）：昏暗不明的样子。 ⑤ “鉴乎前”以下四句：十二字原作“世人镜鉴前惟顺”，据《群书治要》补改。 ⑥ 禹：夏禹，传说中的古代帝王，建立了夏王朝。汤：商王朝的建立者。 ⑦ 景（yǐng 影）：“影”的本字。 ⑧ 亡（wú 无）：通“无”，没有。

先王之道致训焉，故亡斯须之间而违道矣。昔有上致圣，由教戒，因辅弼[①]，钦顺四邻[②]，故检柙之臣不虚于侧[③]，礼度之典不旷于目，先哲之言不辍于身，非义之道不宣于心，是邪僻之气末由入也。……不任所爱谓之公[④]，惟公是从谓之明。齐桓公中材也[⑤]，末能成功业[⑥]，由有异焉者矣。妾媵盈宫[⑦]，非无爱幸也；群臣盈朝，非无亲近也。然外则管仲射己[⑧]，内则卫姬色衰[⑨]，非爱也，任之也。然后知非贤不可任，非智不可从也。夫此之举弘矣哉！膏肓纯白[⑩]，二竖不生[⑪]，兹谓心宁；省闼清净[⑫]，嬖孽不生[⑬]，兹谓政平。夫膏肓近心而处阨[⑭]，针

---

① 辅弼（bì 必）：佐助，指宰相等重臣。 ② 四邻：犹四辅，天子左右的大臣。 ③ 检柙（xiá 霞）：法度，规矩。 ④ 所：原作“不”，据《群书治要》改。 ⑤ 齐桓公：春秋时齐国国君，为五霸之首。 ⑥ 末：终于。 ⑦ 妾媵：侍妾。 ⑧ 管仲射己：管仲，春秋时齐国大夫。起初齐国内乱，管仲随公子纠奔鲁。后公子纠与奔莒的公子小白争夺君位，管仲领兵拦截小白，射中其带钩。小白佯死，先入为君，是为齐桓公。因鲍叔牙举荐，桓公不计前嫌，任用管仲为卿。 ⑨ 内则：二字原脱，据钱培名《札记》补。卫姬：齐桓公夫人。参见刘向《列女传·贤明·齐桓卫姬》。衰：原作“妾”，据《群书治要》改。 ⑩ 膏肓（huāng 荒）：古代医学称心脏下部为膏，隔膜为肓。 ⑪ 二竖：指疾病、病魔（见《左传·成公十年》）。 ⑫ 省闼（tà 榻）：宫中。 ⑬ 嬖（bì 闭）：宠爱。孽：庶子，非嫡妻所生之子。 ⑭ 阨（è 饿）：险要之地。

之不逮①，药之不中，攻之不可②，二竖藏焉，是谓笃患。故治身治国者，唯是之畏。”

或曰：“爱民如子，仁之至乎？”曰：“未也。”曰：“爱民如身，仁之至乎？”曰：“未也。汤祷桑林③，邾迁于绎④，

---

① 逮：原作“远”，据《群书治要》改。 ② 攻：指灸等峻烈的治疗方法。 ③ 汤祷桑林：相传商汤在位时大旱七年，太史占卜，说应当用人做牺牲来祈求于神。汤说：“我之所以求神降雨，是为了百姓。如果要用人祈求，就请用我吧！”于是便以自己的身体为牺牲，祈祷于桑林之野。结果，方圆千里之地都下起了大雨（见《淮南子·主术》、《论衡·明雩》等）。祷，祈祷，向神求福。桑林，地名。 ④ 邾（zhū 朱）迁于绎（yì易）：邾，国名，亦称邾娄、邹，地在今山东费县、邹城、滕州、济宁市中区和任城区金乡一带。初都邾（今山东曲阜东南），春秋鲁文公十三年（前614），邾文公迁都于绎（今邹城东南）。迁都前，文公占卜，太史说：“迁都对百姓有利而对国君不利。”文公说：“对百姓有利，就是我的利益……百姓得到利益，我也必然在其中了。”他还说：“活着就是为了抚养百姓，而死的早晚却是命运的安排。如果百姓有利，迁居就是了，没有比这再吉利的了。”毅然迁都（见《左传·文公十三年》）。

景祠于旱[1]，可谓爱民矣。”曰：“何重民而轻身也？”曰：“人主，承天命以养民者也。民存则社稷存[2]，民亡则社稷亡。故重民者所以重社稷而承天命也。”

或问曰：“孟轲称‘人皆可以为尧舜’[3]，其信矣？”曰：“人非下愚，则愚可以为尧舜矣。写尧舜之貌[4]、同尧舜之姓则否，服尧之制、行尧之道则可矣[5]。行之于前，则古之尧舜也；行之于后，则今之尧舜也。”或曰：“人皆可以为桀纣乎？”曰：“行桀纣之事，是桀纣也。尧舜桀纣之事常并存于世，唯人所用而已。”

……

人主之患，常立于二难之间：在上而国家不治，难

① 景祠于旱：景公在位时，齐国大旱，发生饥荒。派人占卜，说是高山广水的神灵在作祟。晏婴对景公说：“君王真能离开宫殿的遮蔽，外出与山神河神共忧患，或许有幸能下雨吧！”于是景公出宫到郊外晒了三天，果真下起大雨来，百姓得以种植（见《晏子春秋·内篇谏上》、《说苑·辨物》）。景，指齐景公，春秋时齐国国君。祠（cí 词）：祭祀。 ② 社稷：古代天子、诸侯所祭的土神和谷神，后用为国家的代称。 ③ 人皆可以为尧舜：见《孟子·告子下》。尧舜，唐尧和虞舜，传说中的古代帝王，以圣明贤德流誉后世。 ④ 写：摹拟。 ⑤ “服尧”二句：钱培名《札记》：“尧”下疑并脱“舜”字。

也；治国家则必勤身苦思，矫情以从道，难也。有难之难①，暗主取之；无难之难，明主居之。大臣之患，常立于二罪之间：在职而不尽忠直之道，罪也；尽忠直之道焉，则必矫上拂下，罪也。有罪之罪②，邪臣由之；无罪之罪，忠臣置之。人臣之义，不曰“吾君能矣，不我须也，言无补也”，而不尽忠；不曰“吾君不能矣，不我识也，言无益也”，而不尽忠。必竭其诚，明其道，尽其义，斯已而已矣，不已则奉身以退，臣道也。故君臣有异无乖，有怨无憾，有屈无辱。人臣有三罪：一曰导非，二曰阿失③，三曰尸宠④。以非引上谓之导，从上之非谓之阿，见非不言谓之尸。导臣诛，阿臣刑，尸臣绌。进忠有三术：一曰防，二曰救，三曰戒。先其未然谓之防，发而止之谓之救，行而责之谓之戒。防为上，救次之，戒为下。下不钳口，上不塞耳，则可有闻矣。有钳之钳，犹可解也；无钳之钳，难矣哉！有塞之塞，犹可除也；无塞之塞，其甚矣夫。

---

① 有难（nàn）之难：将带来灾难的难事，指“在上而国家不治”，下文“无难之难”，指“治国家则必勤身苦思，矫情以从道”。 ② 有罪之罪：真正有罪的罪责，指“在职而不尽忠直之道”。下文“无罪之罪”，指“尽忠直之道焉，则必矫上拂下”。 ③ 阿（ē）：曲从，迎合。 ④ 尸宠：犹言尸位，如“尸”（只代死者受祭，象征其神灵的人）只受享祭而无所作为。

或曰："在上有屈乎？"曰："在上者以义申、以义屈[①]。高祖虽能申威于秦项[②]，而屈于商山四公[③]；光武能申于莽[④]，而屈于强项令[⑤]；明帝能申令于天下，而屈于钟离尚书[⑥]。若秦二世之申欲而非笑唐

① 申：通"伸"。下同。 ② 高祖：汉高祖刘邦，西汉王朝的建立者。项：项羽，秦末农民起义军的领袖，秦亡后称西楚霸王，楚汉战争中被刘邦打败而自杀。 ③ 商山四公：亦称商山四皓。秦末东园公、绮（qǐ起）里季、夏黄公、角（lù路）里先生，为避乱隐居商山（在今陕西商州东），年皆八十有余，须眉皓白，时称商山四皓或商山四公。高祖召，不应。后高祖欲废太子，吕后用留侯张良计，迎四公，辅太子，终使高祖放弃废太子之议（见《史记·留侯世家》）。 ④ 光武：汉光武帝刘秀，东汉王朝的建立者。莽：王莽，本西汉大臣，后篡权自立为帝，改国号为新，在位15年，刘玄、刘秀等领导的绿林军攻入长安时被杀。 ⑤ 强项令：指东汉董宣，时为洛阳令。光武帝的姐姐湖阳公主的仆人随意杀人，被董宣杀掉。光武帝大怒，令人挟持董宣，要他向公主叩头谢罪。董宣不肯低头，光武帝称他为"强项令"（见《后汉书·董宣传》）。 ⑥ 钟离尚书：指东汉钟离意。据《后汉书·钟离意传》，汉明帝时钟离意为尚书。交阯太守张恢因私藏千金而伏法，资财没官，明帝命令以其颁赐群臣。钟离意得到一些珠宝，却都扔到地上，不行拜谢，并对明帝说："这是一些肮脏污秽的东西，臣不敢拜谢。"明帝慨叹道："尚书之言真是清廉啊！"便以库钱30万赏赐钟离意。

虞[①]，若定陶傅太后之申意而怨于郑[②]，是谓不屈，不然，则赵氏不亡而秦无愆尤[③]。故人主以义申、以义屈也。喜如春阳，怒如秋霜，威如雷霆之震，惠若雨露之降，沛然孰能御也？”

---

① 秦二世之申欲而非笑唐虞：唐虞，指唐尧和虞舜。据《史记·秦始皇本纪》，秦二世说："我听韩非子说过：'尧舜宫内栎木作的椽子不加砍削，屋顶也不修剪，用土制瓦器盛饭盛汤，就是看门人的生活也不会比这节俭。夏禹开凿龙门，平治水土，为此亲执捣土工具，致使小腿上的汗毛都掉了，就是奴隶的劳动也不会超过这个强度。'把统有天下的人看得极其尊贵，是因为他们可以用各种手段满足欲望，注重严明法令，使下臣不敢为非做歹，从而约束住天下百姓。虞舜、夏禹贵为天子，却过着穷苦的生活，以此宣谕百姓，法令又有什么作用呢？" ② 定陶傅太后之申意而怨于郑：傅太后，汉元帝昭仪，生定陶恭王。元帝死，随王归国，称定陶太后。恭王死，子代为王。傅太后多以珍宝赂贿赵昭仪等，使其得入宫立为太子，后即位，是为哀帝。傅太后累尊为太皇太后，子弟中封侯者多人（见《汉书·外戚传》）。郑，指郑崇，汉哀帝时尚书仆射。据《汉书·郑崇传》，哀帝欲封傅太后从弟傅商，郑崇认为这是"坏乱制度，逆天人心"，还提醒哀帝注意"犯阴之害"，甚至拒绝为哀帝传达诏书之文。傅太后闻之大怒，后郑崇被诬，下狱而死。 ③ 赵氏：指汉成帝皇后赵飞燕。与其妹赵昭仪多次接受傅太后贿赂，帮助哀帝继嗣登基。哀帝即位后被尊为皇太后。哀帝死，王莽秉政，傅太后已故，被贬号掘坟，她也被废为庶人，自杀而死。愆（qiān 牵）尤：过失。

或问难行[1]。曰："若高祖听戍卒，不怀居，迁万乘不俟终日[2]；孝文帝不爱千里马[3]；慎夫人衣不曳地[4]；光武手不持珠玉[5]，可谓难矣。抑情绝欲不如是，能成功业者鲜矣。人臣若金日磾以子私谩而杀之[6]，丙吉之不

① "问"下原有"曰"字，据钱培名《札记》删。 ② "若高祖"三句：汉高祖刘邦初都洛阳。娄敬（刘敬）为戍卒，到陇西守边，路经洛阳，劝刘邦迁都秦地，高祖即日下午迁都长安（见《史记·刘敬叔孙通列传》）。怀居：留恋安逸。万乘（shèng剩）：指皇帝所居之处，即京城。 ③ "孝文帝"句：汉文帝时，有人来献千里马。文帝说："我骑着千里马，一个人到哪里去呢？"下诏不受（见《汉书·贾捐之传》）。千里马：日行千里的骏马。 ④ "慎夫人"句：《汉书·文帝纪赞》称汉文帝所爱的慎夫人穿着裙边不拖至地的裙衣，以示其简朴。曳（yè夜）：拖。 ⑤ "光武"句：《后汉书·循吏传序》说，汉光武帝身穿粗帛，手不持珠玉之玩。 ⑥ 金日（mì密）磾（dí敌）以子私谩（màn慢）而杀之：金日磾为西汉大臣，其子受到武帝宠爱，为弄儿，常在左右侍候。后来弄儿长大，肆意妄为，甚至在宫殿内同宫女戏闹。日磾对此非常厌恶，便将弄儿杀掉了（见《汉书·金日磾传》）。私：指发生不正当的男女关系。谩：傲慢。

伐①，苏武之执节②，可谓难矣。”

或问厉志。曰：“若殷高宗能葺其德，药瞑眩以疗疾③；卫武箴戒于朝④；勾践悬胆于坐⑤，厉矣哉！”

“宠妻爱妾幸矣，其为灾也深矣。灾与幸同乎？”

---

① 丙吉之不伐：西汉大臣丙吉本为廷尉监，治巫蛊之狱，曾救护年幼的皇曾孙（即宣帝）。宣帝即位后，丙吉绝口不提从前对宣帝的恩情。后来被宣帝封为博阳侯，又进为丞相（见《汉书·丙吉传》）。伐：自我夸耀。 ② 苏武之执节：汉武帝时，苏武受命持节出使匈奴，被扣。匈奴多方威胁诱降，又将他迁到北海（今贝加尔湖）边上，他手拄竹杖牧羊，坚持操守，十九年后才被遣回朝（见《汉书·苏武传》）。执节，指坚持操守。 ③“若殷高宗”二句：据《尚书·说命上》，殷（商）高宗武丁曾对大臣傅说说：“你要把真心话都讲出来，好好地开导我，假如药性不能使人头晕目眩，疾病就治不好。”葺（qì气），修。瞑（miàn面）眩：头昏目眩，令人愦懑，谓药性发作时心里难受的感觉，比喻以逆耳之言规劝别人。 ④“卫武”句：春秋时卫武公95岁，仍告诫全国，说：“所有在朝之人，不要见我老了，就不管我了，要时时规戒我，训导我。”他还作《懿》（即《诗经·大雅·抑》）之诗，以自我勉励。武公死后，人们称他为“睿圣武公”（见《国语·楚语上》）。箴戒：规戒，称谏。 ⑤“勾践”句：春秋时越王勾践为吴王夫差所败，退守会稽，立志报仇。把一个苦胆悬吊在起居之处，坐卧时仰望着它，饮食时也要尝一尝苦味，并问自己：“你忘了会稽之耻吗？”最后终于打败了吴国（见《史记·越王勾践世家》）。坐：通“座”。

曰:“得则庆,否则灾。戚氏不幸不人豕[1],赵昭仪不幸不失命[2],栗姬不幸不废[3],钩弋不幸不忧殇[4],非灾而何?

① “戚氏”句:高祖宠爱戚夫人,引起吕后的怨恨。高祖死,吕后将戚夫人囚禁起来,施以刑罚,砍断戚夫人的手足,挖掉眼睛,熏焦耳朵,灌上哑药,丢到猪圈里,称为“人彘”(见《史记·吕太后本纪》)。人彘,又作“人豕”。②“赵昭仪”句:汉成帝赵昭仪,与其姊赵皇后(飞燕)先后专宠后宫,得成帝“绝率”。成帝死,人们归罪昭仪,皇太后下令治问成帝起居发病之状。昭仪被迫自杀(见《汉书·外戚传》)。③“栗姬”句:汉景帝初立齐栗姬所生之子为太子。长公主刘嫖有一女儿,想嫁与太子为妃,栗姬不许。长公主及王夫人诽谤、陷害栗姬,于是景帝废太子。栗姬怨愤不已,但又无法见到景帝,诉说冤情,郁郁而死(见《汉书·外戚传》)。④“钩弋(yì易)”句:汉武帝钩弋赵倢伃,居钩弋宫,颇受宠幸,生子,号钩弋子,武帝欲立以为太子,但见其年幼母少,担心女主专恣乱国,犹豫未决。后钩弋倢伃因过失受到责备,忧郁而死。武帝死后,钩弋子即位,是为昭帝(见《汉书·外戚传》)。殇:死亡。

“若慎夫人之知①，班婕妤之贤②，明德皇后之德③，邵矣哉！”

为世忧乐者，君子之志也；不为世忧乐者，小人之志也。太平之世，事闲而民乐遍焉。

---

① 慎夫人之知(zhì 智)：汉文帝宠幸的慎夫人，曾在宫中与皇后同席而坐，中郎将袁盎请慎夫人另坐，并对文帝说：“臣下听说尊卑有序，君臣上下才能协调一致，现在陛下您已经立了皇后，慎夫人仅仅是个妾，她怎么能和皇后同坐呢？陛下您好像是为了慎夫人，但实际上恰恰会给她带来祸患。您难道忘了‘人彘’的事吗？”听了这番话，文帝醒悟过来，并告诉了慎夫人。慎夫人接受了袁盎的建议，还赐以黄金50斤(见《史记·袁盎晁错列传》)。知：通“智”。 ②“班婕(jié 捷)妤(yú 鱼)”句：汉成帝时班婕妤大受宠爱。一次，成帝想让她与自己同乘辇车，她推辞说：“我观看古时图画，发现圣贤明君都有名臣守在左右，三代的末主才有女宠奉侍一旁。今天想一块乘辇，该不会像他们一样吧？”成帝便不再要求了。班婕妤经常诵读《诗经》及古代箴诫之书，进见上疏也都遵依古礼。后赵飞燕姊妹擅宠，她受到谮毁和危害，便主动到长信宫奉养太后(见《汉书·外戚传》)。婕妤：同“倢伃”。 ③“明德皇后”句：汉明帝马皇后(谥号“德”)初入宫时为贵人。贾氏生章帝，由她带养。她尽心抚育，过于亲生之子。她还把左右的宫女荐给明帝，以广皇嗣。对进御明帝的人，她关心照料，越是得到明帝宠爱的人，她越是表示亲切。后来被选立为皇后(见《后汉书·皇后纪》)。

使遽者揖让百拜，非礼也；忧者弦歌鼓瑟①，非乐也。礼者敬而已矣，乐者和而已矣。匹夫匹妇②，处畎亩之中③，必礼乐存焉耳。

违上顺道谓之忠臣，违道顺上谓之谀臣。忠所以为上也，谀所以自为也。忠臣安于心，谀臣安于身。故在上者必察乎违顺，审乎所为，慎乎所安。广川王弗察，故杀其臣④；楚恭王察之而迟，故有遗言⑤；齐宣王其察之矣，故赏谏者⑥。

……

---

① 弦歌：伴随琴瑟咏歌。鼓：弹奏乐器。瑟（sè 色）：一种弦乐器。 ② 匹夫匹妇：泛指平民男女。 ③ 畎（quǎn 犬）亩：田地，田间。 ④“广川王”二句：西汉广川王刘去少时随老师学《易》。老师多次规劝刘去。刘去长大后反将老师逐出王宫，后又派人杀掉老师父子（见《汉书·景十三王传》）。

⑤“楚恭王”二句：春秋时楚恭（共）王率兵击晋救郑。楚大夫申叔时预言楚将失败，加以劝止，恭王不听。结果楚军大败于鄢陵（在今河南鄢陵西北），恭王本人也被射伤眼睛。后来恭王生病，临死时，对于自己不听谏劝，以致在鄢陵丧失了军队的事表示痛悔。恭王去世后，大夫们念其生前有征伐之功且又认识到自己的过错，最后定其谥为“恭”（同“共”）（见《左传·成公十六年》、《襄公十三年》及《国语·楚语上》）。

⑥“齐宣王”二句：《史记·田敬仲完世家》载，战国时齐宣王喜欢“文学游说之士”，让他们住在华丽邸宅，封为上大夫，不具体处理事务而一意议论朝政得失。

君子食和羹以平其气①，听和声以平其志，纳和言以平其政，履和行以平其德。夫酸咸甘苦不同，嘉味以济，谓之和羹；宫商角徵不同②，嘉音以章，谓之和声；臧否损益不同，中正以训，谓之和言；趋舍动静不同，雅度以平，谓之和行。人之言曰："唯其言而莫予违也，则几于丧国焉。"孔子曰："君子和而不同。"③晏子亦云："以水济水，谁能食之；琴瑟一声，谁能听之。"④《诗》云："亦有和羹，既戒且平。奏假无言，时靡有争。"⑤此之谓也。

【翻译】

有人问道："君子为什么要勤奋学习呢？"回答说："生下来就知道事理的人是少数，通过学习才知道事理的人却是多数。来来往往、庸庸碌碌的民众，疲疲沓沓的士人，清明的治政，昏暗的乱政，都是由于学习荒废或

① 和：调和。羹（gēng 耕）：汤。 ② 宫商角徵（zhǐ 止）：古代音乐中的四个音阶。加上"羽"，合称"五声"或"五音"。 ③ "君子"句：见《论语·子路》。 ④ "以水"四句：见《左传·昭公二十年》。原文为："若以水济水，谁能食之？若琴瑟之专一，谁能听之？" ⑤ "亦有"四句：见《诗经·商颂·烈祖》。戒：告诫。奏假：即"奏格"。"奏"是献羹，"格"是神至。无言：无所指摘。四句大意是："今有那美味羹汤，告诉厨工调制好。神灵来享用无可指责，上下和洽没有争讼。"

兴盛造成的，勉励人们学习不也是合适的吗？”

君子有三件可以借鉴的东西：借鉴于前代，借鉴于他人，借鉴于镜子。前代应该作为教训，他人应该有贤才，镜子应该明亮。夏朝和商朝的灭亡，是由于没有以禹和汤为鉴；周朝和秦朝的衰弊，是由于没有以臣民为鉴；歪戴着帽子，满脸灰尘，是由于没有以明镜为鉴。因此，君子一定要注意借鉴的问题。当然，那些只能映照出歪影的镜子，是谈不上什么借鉴的。

有人问：“实现太平的关键在于君主吗？”回答说：“任何事物都是由两方面来确立的啊！没有天地就不会生成万物，没有君臣就不会实现太平。居于首位的是天地，加以统理的是君臣啊！先王之道致力于这一训教，所以没有片刻之间的违背。过去君主做到圣明，是通过接受训教和劝诫，依靠左右大臣的辅助，恭敬地听从其谏言而取得的，因此遵守法度的大臣不可离于左右，有关礼仪制度的典籍不可离于眼前，先哲圣王的教导不可停止不为，违背正义的观念不可萌生心中，这样任何邪僻的作风习气都无从进入。……

“不专任自己所爱的人叫做公，一心一意追随于公叫做明。齐桓公仅具有中等才能，最后得以成就功业，是由于与别人相比有一些不同之处。桓公侍妾满宫，其中并不是没有宠爱的人；大臣满朝，其中并不是没有亲近的人。然而其宫外的管仲是曾经射过自己的人，宫内的卫姬也是容颜渐衰的女子，这不是宠爱，而是任用。由此可知，非贤能之人不可任用，非智慧之言不可听从。桓公之举真可以称得上宏大了！膏肓毫无感染，没有疾病产生，这叫做内心安宁；宫内毫无杂乱，没有庶孽专宠，这叫做政治清明。膏肓靠近心脏，处于紧要部位，针刺够不着，药物之力到不了，采取峻烈的治疗方法也不可行，疾病深藏于此，这叫做严重的疾患。所以修身治国的人，最担心的就是这种事情。”

有人问：“爱护百姓如同爱护自己的儿子，是仁的最高境界吗？”回答说：“够不上。”又问：“爱护百姓如同爱护自己的身体，是仁的最高境界吗？”回答说：“还够不上。商汤祈祷于桑林，邾文公迁都于绎，齐景公因旱而祭，才可以称得上爱护百姓。”又问：“为什么要重视百姓而轻视自己的身体呢？”答道：“人主是承受天命而抚养百姓的。百姓存在，国家就存在；百姓灭亡，国家也随之灭亡。所以，重视百姓又是为了重视国家而承受天命的。”

有人问：“孟轲说‘人人都可以成为尧舜’，这可信吗？”回答道：“只要不是特别愚笨，那么人人就可以成为尧舜。仅仅模仿尧舜的形象、随同尧舜的姓氏是不行的，遵从尧舜的制度、行尧舜之道，这才可以。实行于前代的，就是古时的尧舜；实行于后代的，就是当今的尧舜。”又问：“人人都可能成为桀纣吗？”回答说：“去做桀纣所做的事，实际上就是桀纣。尧舜桀纣所做的事常常在社会上同时并存，就看人们怎么进行选择处理了。”

……

人主的忧虑，常常处于两件难事之间：居于上位而国家不能得到治理，这是一件难事；治理国家必须勤奋工作，认真思考，节制情欲，遵守先王法度，这又是一件难事。造成灾难的难事，昏暗的君主去做；不造成灾难的难事，圣明的君主去做。

大臣的忧虑，常常处于两条罪责之间：身居官职却不能尽行忠直之道，这是一条罪责；尽行忠直之道，就必须匡正主上且不怕得罪众人，这又是一条罪责。有罪责的罪责，邪恶的大臣按它行事；没有罪责的罪责，忠贞的大臣按它行事。

作为一个臣下的道义，不应该说“我们国君非常英明，不需要我去做什么，提建议也没有任何补益”，并以此为由不去尽忠；不应说“我们国君毫无才能，又不了解我，提建议也没有任何补益”，并以此为由不去尽忠。必须竭尽忠诚，阐明正道，尽其道义责任，这一切都做到了才算可以，否则就应守身退位。这是为臣之道。所以君臣之间，有不同但没有不协调，有责备但没有遗憾，有委屈但没有耻辱。

臣下有三种罪过：一是导非，二是阿失，三是尸宠。用不正确的言行引导主上叫做导，曲从主上的错误之举叫做阿，发现主上有错误却不进言叫做尸。导臣应该被诛杀，阿臣应该受刑罚，尸臣应该遭贬退。

进忠有三种方法，一是防，二是救，三是戒。错误未发生之前就着手预防叫做防，发生之后立即加以制止叫做救，错误正在施行过程中而给以劝谏叫做戒。防为上策，其次是救，戒为下策。

居下位的人不闭住嘴巴，居上位的人不堵住耳朵，就可以听到言论意见。真有钳具夹着而张不开嘴巴，还可以解除；没有用钳具夹着而不张嘴巴，可就困难了！真有东西塞着耳朵，还可以除去；没有东西，耳朵仍然闭塞不闻，问题就严重了。

有人问："居上位的人有屈服的时候吗？"回答说："居上位的人因义而伸展又因义而屈服。汉高祖虽能对秦朝和项羽大施威风，却屈服于商山四公；光武帝虽能对王莽大施威风，却屈服于强项令；汉明帝虽能将法令推行于天下，却屈服于钟离尚书。至于秦二世为所欲为而讥笑唐尧和虞舜，定陶傅太后肆意胡来而怨恨敢于直言的郑崇，这些可以称为不屈服，但不这样的话，赵氏就不会灭亡，秦朝也不会有什么罪责。所以，人主应该因义而伸展又因义而屈服。高兴起来如同春天的太阳，愤怒起来如同秋天的寒霜，行威时像雷霆震动，施惠时像雨露普降，他的感情屈伸自如而浩浩荡荡，又有谁能阻挠呢？”

有人问起不容易做到的事。回答说：“像汉高祖听从戍卒之言，不贪图安逸，不到一天的功夫便下令迁都；像汉文帝不爱千里马；像慎夫人身着短衣，衣裙不拖至地；像光武帝手中从不玩弄珠玉，都可以说是不容易做到的事。假如不像这样去压抑和断绝个人欲望而能够成就功业的，那是罕见的事情。就臣下来说，像金日磾因儿子淫乱傲慢而将其杀掉；像丙吉不夸耀自己的功劳；像苏武一直坚守节操，也都可以说是不容易做到的事。”

有人问磨炼意志。回答说：“像殷高宗修养德性，如同用药使自己头昏目眩以治疗疾病；像卫武公命令朝臣规谏自己；像勾践悬胆于坐卧之处，可以称得上磨炼意志了。”

有人问：“宠妻爱妾们可说是受君主宠爱了，可她们遇到的灾祸也往往更为深重。灾祸与受宠爱是同时并存的吗？”答道：“得到宠爱就幸运，失去宠爱就会有灾祸。戚夫人当初不受宠就不会成为‘人豕’，赵昭仪当初不受宠就不会丢掉性命，齐栗姬当初不受宠就不会遭到废弃，钩弋夫人当初不受宠就不会忧郁而亡，这些不是灾祸又是什么呢？至于慎夫人的明智、班婕妤的贤能、明德皇后的德行，那才是真正高尚的啊！”

为社会忧虑或快乐，是君子的志向；不为社会忧虑或快乐，是小人的心意。天下太平之时，社会事务少而民众就普遍感到喜乐了。

让一个处于匆忙情况中的人叩首作揖，反复答拜，这是不能成礼的；让一个心情忧愁的人弹琴鼓瑟歌唱，也是不能成乐的。礼不过是恭敬罢了，乐不过是和洽罢了。普通百姓，虽然忙碌于田野农事，其中也必然有礼和乐的存在。

违背主上旨意而顺从正道的，叫做忠贞之臣；违背正道而顺从主上旨意的，叫做阿谀之臣。忠贞是为了主上，阿谀是为了自己。忠贞之臣是使内心坦然，阿谀之臣则是使自身安全。因此居上位的人一定要搞清楚违背和顺从，仔细辨别到底为了谁，慎重处理是使“心安”还是“身安”。广川王没有弄清楚这些问题，所以滥杀自己的臣下；楚恭王弄清楚了这些问题，但为时已晚，所以临终留下一段自责的遗言；齐宣王弄清楚了这些问题，所以赏赐了进谏的人。

……

君子食用调和的羹汤以安定气性，听和谐的声乐以平定心志，采纳平和的言论以治理政务，遵从适度的行动以稳定德性。酸咸甘苦不同，却能用以调制出鲜美的味道，这叫做和羹；宫商角徵不同，却能用以协奏出动听的音乐，这叫做和声；褒贬损益不同，却能用以琢磨出恰如其分的言辞，这叫做和言；趋舍动静不同，却能用以培养出规范的行为，这叫做和行。有人说：“正是由于让别人的言论不能违背我的意志，才导致了亡国的危险。”孔子说：“君子和而不同。”晏子说：“用清水调剂清水，谁会吃它呢？琴瑟老弹一个声音，谁会听它呢？”《诗经》里也说：“亦有和羹，既戒且平。奏假无言，时靡有争。”说的就是这种情况。

杂言 下

本篇与上篇形式相同，但其中谈论性情之文却约占一半。选译时稍有删节。

作者所说的"性"是指人的形体、精神等自然属性，"命"是指人事的吉凶祸福。他把人性和天命联系起来，指出天命亦有"三品"，上、下品不可移易，占大多数的中品则可以通过人事的作用发生变化，所以应该穷理尽性，用人事辅助自己实现天命。

在此基础上，作者对孟子"性善"论、荀子"性恶"论等都有所批评，从而提出人性可分为"九品"。其中除最上一品纯善，最下一品甚恶外，其余大多数人性中兼有善恶，能够经过教化而从善者可占一半，畏刑去恶者占四分之三，无法移易的只有九分之一，而这一分中还有能够稍微发生变化的。

另外，作者还要求人们遵从圣人之道，同乎天下之志，注意修养德性。并指出德才统一于一身时以才能为贵，德才不统一时则以德行为贵。

衣裳，服者不昧于尘涂，爱也；衣裳爱焉而不爱其容止，外矣；容止爱焉，而不爱其言行，末矣；言行爱焉，而不爱其神明①，浅矣。故君子本神为贵，神和德平而道通，是为保真②。人之所以立德者三：一曰贞，二曰达，三曰志。贞以为质，达以行之，志以成之，君子哉！必不得已也，守一于兹，贞其主也。人之所以立检者四：诚其心，正其志，实其事，定其分。心诚则神明应之，况于万民乎？志正则天地顺之，况于万物乎？事实则功立，分定则不淫。曰："才之实也，行可为才不可也。"曰："古之所以谓才也本，今之所谓才也末也，然则以行之贵也。无失其才，而才有失。先民有言：适楚而北辕者③，曰'吾马良、用多、御善'。此三者益侈，其去楚亦远矣。遵路

① 神：原脱，据钱培名《札记》补。 ② 保真：保全纯真的本性、天性。 ③ 辕：车前驾马的长木，此指驾辕而行。

而骋，应方而动，君子有行，行必至矣。”

或问：“圣人所以为贵者，才乎？”曰：“合而用之，以才为贵；分而行之，以行为贵。……”

或问：“进谏、受谏孰难？”曰：“后之进谏难也，以受之难故也。若受谏不难，则进谏斯易矣。”

……

或问守。曰：“圣典而已矣。若夫百家者，是谓无守。莫不为言，要其至矣；莫不为德，玄其奥矣；莫不为道，圣人其弘矣。圣人之道，其中道乎？是谓九达①。”

……

君子乐天知命，故不忧；审物明辨，故不惑；定心致公，故不惧。……

或问性命。曰：“生之谓性也，形神是也；所以立生终生者之谓命也，吉凶是也。……”

或问天命人事②。曰：“有三品焉，上下不移，其中则人事存焉尔。命相近也，事相远也，则吉凶殊矣，故曰‘穷理尽性，以至于命’③。”孟子称“性善”，荀卿称“性恶”，公孙子曰“性无善恶④”，扬雄曰“人之性善恶浑”，刘

---

① 九达：谓四通八达，指“圣人之道”的作用。九，泛指多数。 ② 人事：人之所为，人力所能及的事。 ③ “穷理”句：见《周易·说卦》。穷：寻根究源。 ④ 公孙子：即公孙尼子。战国初人，孔子再传弟子。

向曰"性情相应，性不独善，情不独恶"。曰："问其理。"曰："性善，则无四凶①；性恶，则无三仁②；人无善恶，文王之教一也，则无周公管蔡③；性善情恶，是桀纣无性而尧舜无情也；性善恶皆浑，是上智怀恶而下愚挟善也④。理也未究矣。唯向言为然。"

或曰："仁义，性也；好恶，情也。仁义常善，而好恶或有恶；故有情，恶也。"曰："不然。好恶者，性之取舍也，实见于外，故谓之情尔，必本乎性矣。仁义者，善之诚者也，何嫌其常善！好恶者，善恶未有所分也，何怪其有恶！凡言神者莫近于气，有气斯有形，有神斯有好恶喜怒之情矣⑤。故神有情⑥，由气之有形也。气有白黑，神有善恶，形与白黑偕，情与善恶偕，故气黑非形之咎，神恶非情之罪也⑦。"

或曰："人之于利，见而好之。能以仁义为节者，是性割其情也。性少情多，性不能割其情，则情独行为恶

---

① 四凶：相传为尧舜时代四个恶名昭彰的部族首领。所指说法不一。 ② 三仁：三位仁人，指商末的微子、箕子、比干。 ③ 管蔡：周初的管叔鲜和蔡叔度，均为周文王之子，武王之弟。成王即位，他们挟商纣之子武庚叛乱。周公旦出兵平叛，杀掉武庚和管叔，流放蔡叔。 ④ 恶：原作"惠"，据黄省曾注改。 ⑤ 神：指一种精神活动。 ⑥ 神：原作"人"，据黄省曾注改。 ⑦ 神：原作"情"，据黄省曾注改。

矣。"曰:"不然。是善恶有多少也,非情也。有人于此,嗜酒嗜肉①,肉胜则食焉,酒胜则饮焉。此二者相与争②,胜者行矣③,非情欲得酒,性欲得肉也。有人于此,好利好义,义胜则义取焉,利胜则利取焉。此二者相与争,胜者行矣,非情欲得利,性欲得义也。……"

或曰:"请折于经。"曰:"《易》称'乾道变化,各正性命'④,是言万物各有性也;'观其所感,而天地万物之情可见矣'⑤,是言情者应感而动者也。昆虫草木,皆有性焉,不尽善也;天地圣人,皆称情焉,不主恶也。又曰'爻彖以情言'⑥,亦如之。凡情、意、心、志者,皆性动之别名也。'情见乎辞'⑦,是称情也;'言不尽意'⑧,是称意也;'中心好之'⑨,是称心也;'以制其志'⑩,是称志也。惟所宜各称其名而已,情何主恶之有!故曰'必也

---

① 嗜(shì 试):爱好。 ② 相与争:指饮酒与食肉二者不能两存,只能取其一。 ③ 胜者行:指酒与肉相比,哪个多吃。 ④"乾道"句:见《周易(乾卦)·彖传》。乾道:天道,即天象运行的自然规律。 ⑤"观其"句:见《周易(咸卦)·彖传》。 ⑥"爻彖"句:见《周易·系辞下》。爻(yáo 摇):指《周易》爻辞。彖(tuàn 团去声):即彖辞,指《周易》卦辞。 ⑦"情见"句:见《周易·系辞下》。见(xiàn 现):表现。 ⑧"言不"句:见《周易·系辞上》。 ⑨"中心"句:见《诗经·唐风·有杕之杜》、《小雅·彤弓》。 ⑩"以制"句:见《左传·昭公二十五年》。其:应作"六"。"六志":指好、恶、喜、怒、哀、乐。

正名'①。"

或曰:"善恶皆性也,则法教何施?"曰:"性虽善,待教而成;性虽恶,待法而消。唯上智下愚不移,其次善恶交争,于是教扶其善,法抑其恶。得施之九品,从教者半,畏刑者四分之三,其不移大数九分之一也。一分之中,又有微移者矣。然则法教之于化民也,几尽之矣。及法教之失也,其为乱亦如之。"

或曰:"法教得则治,法教失则乱。若无得无失,纵民之情,则治乱其中乎?"曰:"凡阳性升,阴性降,升难而降易。善,阳也;恶,阴也。故善难而恶易②。纵民之情,使自由之,则降于下者多矣。"曰:"中焉在?"曰:"法教不纯,有得有失,则治乱其中矣。纯德无慝③,其上善也④;伏而不动,其次也;动而不行,行而不远,远而能复,又其次也。其下者远而不近也。凡此皆人性也,制之者则心也。动而抑之,行而止之,与上同性也;行而弗止,远而弗近,与下同终也。"

君子嘉仁而不责惠,尊礼而不责意,贵德而不责怨。

---

① "必也"句:见《论语·子路》。 ② "阳性"以下六句:作者认为做善事难、做恶事容易,有一定的道理。但这归结为"阳性升,阴性降"等等,则是一种不科学的观念。 ③ 慝(tè特):恶念。 ④ 其上善也:钱培名《札记》称《群书治要》无"善"字,此疑衍。

其责也先己，而行也先人。淫惠、曲意、私怨，此三者实枉贞道、乱大德。然成败得失，莫匪由之。救病不给[①]，其竟奚暇于道德哉！此之谓末俗[②]。故君子有常交，曰义也；有常誓，曰信也。交而后亲，誓而后故，狭矣。大上不异古今，其次不异海内。同天下之志者，其盛德乎？大人之志[③]，不可见也，浩然而同于道；众人之志，不可掩也，察然而流于俗。同于道，故不与俗浮沉。

或曰："修行者不为人耻诸神明，其至也乎？"曰："未也。自耻者本也，耻诸神明，其次也，耻诸人外矣。夫唯外则慝积于内矣。故君子审乎自耻。"

或曰："耻者其志者乎？"曰："未也。夫志者，自然由人，何耻之有？赴谷必坠，失水必溺，人见之也；赴阱必陷[④]，失道必沉，人不见之也。不察之，故君子慎乎所不察。不闻大论，则志不弘；不听至言，则心不固。思唐虞于上世[⑤]，瞻仲尼于中古[⑥]，而知夫小道者之足羞也；想

---

① 不给(jǐ 己)：犹言不暇，来不及。 ② 末俗：谓末世的习俗，低下的习俗。 ③ 大人：指德行高尚、志向宏远的人。 ④ 阱(jǐng 井)：为防御或猎取野兽而设的陷坑。 ⑤ 唐虞：指唐尧、虞舜。 ⑥ 仲尼：孔子。

伯夷于首阳[1]，省四皓于商山，而知夫移志者之足耻也；存张骞于西极[2]，念苏武于朔垂[3]，而知怀闾室者之足鄙也[4]。推斯类也，无所不至矣。德比于上，欲比于下。德比于上，故知耻；欲比于下，故知足。耻而知之，则圣贤其可几；知足而已，则固陋其可安也。圣贤斯几，况其为慝乎？固陋斯安，况其为侈乎？是谓有检。……”

【翻译】

衣裳穿在身上，人们不愿意让它沾上泥土而变得污暗，这是因为爱惜它；爱惜衣裳，却不爱惜自己的仪表举止，这就是内外倒置了；爱惜仪表举止，却不爱惜自己的言行，这又是本末倒置了；爱惜言行，却不爱惜自己的精

---

① 伯夷：商末孤竹君长子。孤竹君死后，与兄弟叔齐互相让位，又都投奔到周。周武王起兵伐纣，与叔齐拦马劝止。武王灭商，他们隐居首阳山（在今山西永济西南），以食用周朝的粮食为耻，最后饿死于山中。 ② 张骞（qiān 迁）：西汉时人。应武帝之募，出使大月氏（zhī 之），以击匈奴。越过葱岭（今帕米尔高原和喀喇昆仑山脉），亲历大宛（在今中亚费尔干纳盆地一带，园都贰师城即今土库曼斯坦阿斯哈巴特城）、大月氏（在今阿富汗瓦齐拉巴德）等地。途中曾被匈奴扣留，前后达十一年。后又奉命出使乌孙（在今伊犁河和伊塞克湖一带）。官至大行，封博望侯。西极：西方极远之地，指西域地区。 ③ 朔垂：北部边疆。 ④ 闾（lǘ 驴）室：指家乡。

神，这是一种肤浅的表现。所以君子很注重精神。精神安详，德行平和，则大道通达，这就是保全真性。

人们可以用来树立德行的有以下三点：一是贞正，二是晓达，三是立志。以贞正为根本，靠晓达去实施，靠立志去成就，这就是君子啊！如果这三点肯定不能兼得，不得已，也应把握其中一种，而贞正则是主要的。

人们可以用来定立规范的有以下四点：使思想真诚，使志向端正，实事求是，确定本分。思想真诚，神灵就会与其相应，何况万民呢？志向端正，天地就会与其和顺，何况万物呢？实事求是，事业就会成功；确守本分，就不会有非分的欲望。

有人说："才能是实实在在的，德行可以通过努力实现，才能却不可以。"我说："古时所说的才能称得上是根本，现在所说的才能只能算是末枝，既然如此，德行就是非常宝贵的了。人不失掉才能，但才能却可以使人失误。前人曾说过一件事：一个人要到南方的楚国去，却让马车往北跑，还说'我的马好，带的用品多，驾车的人技术也高明'。实际上，这三种条件越充分，他离楚国也就越远。应该沿着道路驰骋，找对了方向而行动，这样君子只要有所行动，就一定能达到目的。"

有人问："圣人推重的是才能吗？"回答说："才能和德行能够结合起来，就应推重才能；二者分离开来，就应推重德行。……”

有人问:“进谏和受谏,哪一方做起来困难?”回答说:“后世进谏困难,这是由于受谏困难的缘故。如果受谏不困难,进谏也就容易了。”

……

有人问起有所遵守的问题。回答说:“只有圣典罢了。至于其他百家之说,可以说是毫无值得遵守之处。都在发表言论,关键是圣典讲得最有道理。都在讲德行,却只有圣典讲得最深奥;都在谈道,却只有圣人谈得最弘大。圣人之道,岂不是中正之道吗?这叫做四通八达。”

……

君子安于天命而自乐,所以没有忧愁;察知万物,明辨事理,所以从不疑惑;心神安定,一意为公,所以毫无畏惧。……

有人问起性和命的问题。回答说:“天生的叫做性,就是形体和精神;藉以生存直到死亡的叫做命,就是吉和凶。……”

有人问起天命和人事的问题。回答说:“天命有三等,上等和下等是不可改变的,中等的就和人事有密切关系了。天命尽管相近,但如果人事相远,吉凶就大不相同了。所以说‘深究天理和人性,以达到天命’。”

孟子说“人的本性是善的”，荀子说“人的本性是恶的”，公孙尼子说“人的本性没有善恶之分”，扬雄说“人的本性是善和恶相混合的”，刘向说“性和情相对应，并非只有性是善的，也并非只有情是恶的”。有人问：“这几种说法到底哪一种对呢？”回答说：“如果人的本性是善的，就不应出现四凶；如果是恶的，就不应有三位仁人；如果性无善恶之分，那么同是接受文王训教，就不该有周公与管叔、蔡叔的不同了；如果说性是善的，情是恶的，夏桀和商纣就该没有性，唐尧和虞舜就该没有情了；如果说性是善和恶相混合的，上智的人就也该有恶，下愚的人就也该有善了。这几种说法看来都有道理，但没作更深入的探究。只有刘向说得对。”

有人说：“仁义是人的性，好恶是人的情。仁义总是善的，好恶有时却是恶的，所以情是恶的。”我说：“这话不对。好就是性所要采纳的，恶就是性所要舍弃的，性表现在外面的实际活动就叫做情，情必须是从性发出的。仁义是善的一个实际内容，为什么要对它常常是善的表示怀疑呢？好恶发生的时候还没有分出善恶，为什么要对它不免带有恶感到奇怪呢？凡是说到神的时候没有比气与它更接近的了，有气就有形，有神就有好恶喜怒的感情了。所以神有情，同气有形一样。气有白有黑，神也有善有恶。形是和气的白黑连在一起的，情是和神的善恶连在一起的，因而气黑不能说是形的不好，神恶也不能说是情的罪过。”

有人说：“人们看见了利，就会喜欢它。凡是能够用仁义约束自己的人，都是用性去割舍了情。然而性少情多，如果性不能割舍情，情就要独自作恶了。”我说：“这话不对。那是由于善恶有多少，不是由于情的缘故。假若这里有一个人，爱喝酒也爱吃肉，肉多的时候他就吃肉，酒多的时候他就喝酒，饮酒和吃肉互相矛盾，当然去吃那为数居多的，并不是因为情爱喝酒，或性爱吃肉。这里还有一个人，爱得利也爱行义，义多的时候他就取义，利多的时候他就取利。义和利互相矛盾，当然也是去取那为数居多的，并不是因为情要得利，或性要行义。……”

有人说：“请从经典中为你的说法找出证据。”我说：“《周易》说‘乾道变化，各正性命’，这就是说万物都有各自的性；又说‘观其所感，而天地万物之情可见矣’，这是说情是随着感受的变化而不断活动的。昆虫草木，各有其性，并非都是善的；天地圣人，各有其情，并非都是恶的。《周易》还说‘爻象以情言’，说的也是这个意思。情、意、心、志四者，都是性在活动之时的别名。‘情见乎辞’，这是称为情的；‘言不尽意’，这是称为意的；‘中心好之’，这是称为心的；‘以制其志’，这是称为志的。有的称情，有的称意，有的称心，有的称志，仅仅是由于各有所宜而采用了不同的名称罢了，情哪里是专主恶的呢？所以说‘必也正名’。”

有人问：“善和恶既然都是性，那么刑法与教化为什么要实施呢？”回答说：“性虽然有善的方面，但通过教化才能形成；性虽然有恶的方面，但通过刑法才能消除。只有特别聪明和特别愚笨的人不可改变，其余的人善和恶交争，于是要用教化支持他的善，用刑法抑制他的恶。教化和刑法施行于九等人中，接受教化的有一半，惧怕刑法的有四分之三，不可改变的大约有九分之一。就在一分之中，又有一些可以有轻微改变。既然如此，那么刑法和教化对于民众所能起到的使其向善的作用，可以说几乎全数都包括在内了。到了刑法和教化失当的时候，其造成的混乱也是这样。”

有人问：“刑法和教化得当就会使天下太平，刑法和教化不得当就会使国家混乱。假若让它既没有得当，也没有不得当，使百姓任情行事，那么太平和混乱就会各占一半吗？”回答说：“世上万物都是阳性上升，阴性下降，上升困难而下降容易。善是属于阳的，恶是属于阴的，所以行善困难而做恶容易。让百姓任情行事，使其自由行动，那么降到下等的人就很多了。”那人问：“各占一半表现在哪里？”答道：“刑法和教化不纯正，既有得当的地方，也有失误之处，那么太平和混乱就会各占一半。德行纯正，没有丝毫恶念，这是最好的；恶念藏于体内，但尚未萌动，这是次一等的；恶念有所萌动，但尚未表现出来，或者虽已表现出来，但还没有走得很远，或者虽已走得很远，但能加以改正，迷途知返，这是再次一等的。最下一等的是那些走得很远而又不可救药的人。这些都是人性造成的，对其能够加以抑制的只有人心。恶念有所萌动即加以抑制，有所表现即加以禁止，这样就能与上等的人同性；有所表现而不加禁止，走得很远而不知回头，这样就会与下等的人同一结局。”

君子赞美仁德而不索取恩惠，尊重礼仪而不强求人意，崇尚道德而不一味抱怨。他们在要求别人时首先要求自己，让别人做到时首先自己做到。不合礼制而给以恩惠，违反己意而奉承别人，出于私心而胡乱抱怨，这三件事确实背离正道，扰乱大德。然而成败得失，又往往莫不由此而来。治病救人都来不及，怎么会有时间注意道德修养呢？这就叫末俗。所以君子有一种经常的交往，就是义；有一种经常的盟誓，就是信。交往之后才亲近，盟誓之后才熟悉，这是十分狭隘的观念。最好是不分古今，其次是不别地域。将自己的志向与天下人的志向共为一体，这不是盛大的德行吗？德行高尚的人的志向是看不到的，因为他将自己的大志与道相合；一般人的志向难以掩饰，很明显地流于世俗。志与道相合，所以不会随世俗沉浮。

有人问："修养德行的人从不因为人而使神灵感到耻辱，这是极其高尚的吗？"回答说："不是的，自己感到耻辱才是最重要的，使神灵感到耻辱则在其次，它只是人之外的一种耻辱。正是因为它在人外，恶念才会积于人的内心。所以，君子非常重视自己感觉到的耻辱。"

有人问："知道羞耻的人就是有志向的人吗？"回答说："不是的。有志向的人是自然形成的，哪里有什么羞耻呢？奔向山谷必定下坠，掉入水中必定沉溺，这是人们看得见的；迈上陷坑必定下陷，失去道德必定沉灭，这是人们看不到的。正因为人们不审察这些，所以君子才对未加审察的事情特别慎重。不去听正大的理论，志向就不会宏远；不去听至理之言论，思想就不会稳定。想起远古时代的唐尧和虞舜，上观中古时代的孔子，就可以知道微末的人是应该很可羞耻的；回想首阳山中的伯夷，忆起隐居商山的四皓，就可以知道思想丑恶的人是应该很可羞耻的；思念出使西方边远地区的张骞，想起身陷北部边疆的苏武，就可以知道留恋故土的人是很可鄙视的。以此类推，都可以有所了解了。讲德行要同高于自己的人比，讲欲望要同不如自己的人比。德行同高于自己的人比，所以懂得耻辱；欲望同不如自己的人比，所以能够知足。如果自知耻辱，那么圣贤的境界都可以企及；如果知足即止，那么生活简陋也可以感到安宁。圣贤的境界都可以企及，何况去做邪恶的事情呢？简陋的生活也感到安宁，何况去做奢侈的事情呢？这叫做有所规范。……”

中　论

治　学

《治学》一篇，是徐幹系统论述如何治学的重要之作。

作者认为，古代的君子成德立行，身没而不朽的原因，就是因为他们能够孜孜不倦地学习。

如何学习呢？为什么自古及今那么多人费心劳神地学习，却只有极少数的人学有所成，名垂千秋呢？作者提出了必须加以注意的五个方面：首先，要有好学不倦、坚持不懈、知难而进、死而后已的精神，而不能心存幻想，好高骛远；其次，要经常不断地温习学过的内容，反复咀嚼回味；第三，要树立坚定的志向。有坚定明确的志向，虽才分稍差，也定会有所收获；天资虽高而无志向，则很难有所成就；第四，要兼收并蓄，触类旁通，要广泛吸收前贤的成果。闭门苦思，独学无友，终归一无所成；第五，要慎重地选择老师，要以博大的要旨为首务，而不能斤斤计较于诂训名物，寻章摘句。

昔之君子，成德立行，身没而名不朽[①]，其故何哉？学也。学也者，所以疏神、达思、怡情、理性，圣人之上务也。

民之初载，其矇未知，譬如宝在于玄室，有所求而不见，白日照焉，则群物斯辩矣。学者，心之白日也。故先王立教官掌教国子，教以六德，曰智、仁、圣、义、中、和[②]；教以六行，曰孝、友、睦、姻、任、恤[③]；教以六艺，曰礼、乐、射、御、书、数。三教备而人道毕矣。

学犹饰也，器不饰则无以为美观，人不学则无以有懿德[④]。有懿德，故可以经人伦；为美观，故可以供神明。

① 没：通"殁"，死亡。 ② 中：同"忠"。 ③ 婣(yīn 因)：同"姻"，亲于妻族。 ④ 懿(yì 义)德：美好的品德。

故《书》曰[①]："若作梓材[②]，既勤朴斲，惟其涂丹雘。"

夫听黄钟之声[③]，然后知击缶之细；视衮龙之文[④]，然后知被褐之陋[⑤]；涉庠序之教[⑥]，然后知不学之困。故学者，如登山焉，动而益高；如寤寐焉，久而愈足；顾所由来，则杳然其远[⑦]；以其难而懈之，误且非矣。《诗》云[⑧]："高山仰止，景行行止[⑨]。"好学之谓也。倚立而思远[⑩]，不如速行之必至也；矫首而徇飞，不如修翼之必获也[⑪]；孤居而愿智，不如务学之必达也。故君子心不苟愿，必

---

①《书》：此指《尚书·梓材》。 ②"若作"三句：谓一个人要修治美好的品德，就必须依赖后天的刻苦学习，就像是工匠治材为器，既要努力斫削攻治，还要用上等的颜料来涂饰。梓(zǐ 紫)材：木工整治木材。梓：即梓人，木工。朴：没有制成器具的原木材料。斲(zhuó 浊)：砍，削，加工。丹雘(huò 获)：赤石脂之类。古人用以作上等颜料，以饰宫室器具等。 ③ 黄钟：古乐十二律之一，声音最为宏亮。 ④ 衮(gǔn 滚)龙：古代帝王及上公在宗庙祭祀时所穿礼服上所绣的龙。文：同"纹"。 ⑤ 被(pī 批)：通"披"。褐(hè 贺)：贫苦人穿的粗毛或粗麻织的短衣。 ⑥ 庠(xiáng 详)序：地方所设的学校，殷代称序，周代称庠，后世因以泛指学校。 ⑦ 杳(yǎo 咬)然：渺茫遥远的样子。 ⑧《诗》：此指《诗经·小雅·车舝(xiá 峡)》。 ⑨"高山"二句：意思是像高山一样令人仰望，像大道一样使人遵行。景：大。 ⑩ 倚：原作"倦"，形近而讹，据唐代马总《意林》所引改正。 ⑪ 修翼：原作"循雌"，据《意林》及《太平御览》卷六百零七所引改正。

以求学，身不苟动，必以从师；言不苟出，必以博闻，是以情性合人而德音相继也。孔子曰："弗学何以行，弗思何以得？小子勉之，斯可谓人师矣①！"

马虽有逸足，而不闲舆②，则不为良骏；人虽有美质，而不习道，则不为君子。故学者，求习道也。若有似乎画采，玄黄之色既著，而纯皓之体斯亡，敝而不渝③，孰知其素欤？子夏曰："日习则学不忘，自勉则身不堕，亟闻天下之大言④，则志益广。"故君子之于学也，其不懈犹上天之动，犹日月之行，终身亹亹⑤，没而后已⑥。

故虽有其才，而无其志，亦不能兴其功也。志者，学之帅也⑦；才者，学之徒也。学者，不患才之不赡⑧，而患志之不立。是以为之者亿兆，而成之者无几。故君子必立其志。《易》曰⑨："君子以自强不息。"

大乐之成，非取乎一音；嘉膳之和，非取乎一味；圣人之德，非取乎一道。故曰：学者，所以总群道也。群道统乎已心，群言一乎己口，唯所用之，故出则元亨，处则

---

① 人师：原作"师人"，据文义改正。 ② 闲：通"娴"，熟练。舆：车箱，此泛指车子。 ③ 渝(yú 余)：改变。 ④ 亟(qì)：屡次。 ⑤ 亹亹(wěi 伟)：勤勉不倦。 ⑥ 没：通"殁"。 ⑦ 帅：原作"师"，形近而讹，据俞樾《诸子平议补录》卷十改正。 ⑧ 赡(shàn 善)：富足。 ⑨《易》：此指《周易·乾卦》。

利贞①，默则立象，语则成文；述千载之上，若共一时；论殊俗之类②，若与同室；度幽明之故，若见其情；原治乱之渐，若指已效。故《诗》曰③："学有缉熙于光明。"④其此之谓也。

夫独思则滞而不通，独为则困而不就。人心必有明焉，必有悟焉，如火得风而炎炽，如水赴下而流速。故太昊观天地而画八卦⑤，燧人察时令而钻火⑥。帝轩闻凤鸣而调律⑦，仓颉视鸟迹而作书⑧，斯大圣之学乎神明而发乎物类也。贤者不能学于远，乃学于近，故以圣人为师。昔颜渊之学圣人也，闻一以知十，子贡闻一以知二，斯皆触类而长之，笃思而闻之者也。非唯贤者学于圣人，圣人亦相因而学也。孔子因于文武，文武因于成汤⑨，成汤因于夏后⑩，夏后因于尧舜。故六籍者，群圣

---

① "故出"二句："元亨利贞"是《周易·乾卦》中的话，旧注说"元"是始，"亨"是通，"利"是和，"贞"是正，认为这是为政者应该效法的"四德"。 ② 类（lèi 泪）：通"颣"，乖异，不同。 ③《诗》：此指《诗经·周颂·敬之》。 ④"学有"句：意谓只要能够坚持不懈地学习，日积月累，就一定会有所成就。缉：继续。熙：光明。 ⑤ 太昊（hào 浩）：传说中的古代帝王，即伏羲。 ⑥ 燧（suì 岁）人：传说中的古代帝王，相传是他发明了钻木取火。 ⑦ 帝轩：轩辕氏，即黄帝。 ⑧ 仓颉（jié 节）：传说是黄帝的史官，相传是他发明了汉字。 ⑨ 成汤：商汤，商代的开国之君。 ⑩ 夏后：指夏代始君大禹。后，君王。

相因之书也，其人虽亡，其道犹存。今之学者勤心以取之，亦足以到昭明而成博达矣。

凡学者，大义为先，物名为后，大义举而物名从之。然鄙儒之博学也，务于物名，详于器械，矜于诂训①，摘其章句②，而不能统其大义之所极，以获先王之心，此无异乎女史诵《诗》③，内竖传令也④，故使学者劳思虑而不知道，费日月而无成功。故君子必择师焉。

【翻译】

从前的君子，能够成就高尚的道德，建立卓越的品行，身虽死亡而名不朽灭，是什么原因呢？那就是学习。学习是通明精神、畅达思想、和悦情绪、修养品性的手段，是圣人最为看重的事情。

人刚出生的时候，蒙昧无知，就好像珍宝放在暗室里，想寻找却看不见，太阳的光辉一照进去，各种东西就都一目了然了。学习，就是心灵的太阳。所以，从前的帝王都专门设立教官负责对公卿大夫子弟的教育，教给他们六种品德，叫做明智、仁慈、聪慧、正直、忠诚、温和；

---

① 诂训：以今语解古语，以通语释方言。 ② 章句：分析古书的章节句读。 ③ 女史：女官名，以知书妇女充任，掌管书写文件等。 ④ 内竖：宫廷内的小臣，主管传达宫廷内外的命令。

教给他们六种善行，叫做孝顺父母、友善兄弟、和睦宗族、亲爱外亲、信任朋友、救济贫困；教给他们六种才能，叫做礼仪、音乐、射箭、驾车、知书、识数。这三种教育齐备了，人类社会的道德规范也就完全了。

学习就好像是修整装饰，器物不加修饰，就不可能做得美观好看；人们不学习，也就难以具备美好的品德。具备美好的品德，才可以妥善处理人与人之间的关系；做得美观好看，才可以供寄给神祇祖先。所以《尚书》说："若作梓材，既勤朴斲，惟其涂丹雘。"

聆听了黄钟的声音，然后才知道叩击瓦罐所发出的声音是多么的细小；目睹了帝王礼服上的绣龙纹饰，然后才知道自己所穿的粗布短衣是多么的粗劣；接受过学校的教育，然后才知道不学习的困惑。所以学习这件事，就好像是登山，越走越高；就好像是睡眠，越久越充足；回顾学习活动的来由，就遥远渺茫了；但因为它难而懈怠，这就不仅认识错误，而且行为完全不对了。《诗经》说："高山仰止，景行行止。"说的就是要好学不倦。倚物伫立而想着到远方去，不如立即行走定能抵达，举仰着头而想追随鸟儿翱翔长空，不如自己修治翅膀定能够实现；孤身独处而希望获取智慧，不如努力学习定能达到目的。所以，君子的心灵不随便幻想，而是一定要努力学习；身体不轻举妄动，而是一定要追随老师；言论不信口开河，而是一定要广泛听取；因此，他的性情温和合群而美好的声誉不绝。孔子说：“不学习用什么来行事？不思索怎么会有所得？你们要努力学习，这才可以为人师表啊！”

马尽管有强健的四蹄，不熟悉驾车技术，就还算不上是好马；人虽然有优良的资质，不学习根本的道理，就仍然算不上是君子。所以，学习就是要去学习根本的道理啊。就好像是绘画，把黑的、黄的颜色画上去之后，画布纯白的本质也就失去了，直到它破烂也不会改变，又有谁知道它原来的颜色呢？子夏说：“每天温习，那么所学的东西就不会忘记；自我勉励，那么自己就不会懈怠；屡屡听取天下的深妙言论，那么他的志向就会越来越宏大。”所以，君子对于学习，其坚持不懈的精神，就好像是天空的运转，就好像是日月的运行，终身勤勉不倦，死而后已。

因此，尽管有才分，而无志向，也不能够建立他的功业。志向是学习的主帅，才分是学习的徒隶。学习不愁才分不高，而怕志向没有确立。所以，自古及今致力学习的人成千上万，不计其数，而有所成就的人却寥寥无几。因此，君子一定要确立他的志向。《周易》说：“君子要自强不息。”

盛大乐曲的完成，不是只选用一种音调；美味饭菜的调制，不是只选用一种原料；圣人的盛德，不是只来源于一种美德。所以说，学习是一总掌握各种道理。各种道理统汇于自己的心灵，各种言论集中在自己的谈吐，任由我使用，所以出仕从政就使万物生长，事业发达；退隐独处就使生活和谐，情操坚贞；默默无语时就取法万物形象来表达意愿；当他说话时就遣辞造语以写成文章；述说千年以上的事情，就像是共处一个时代；论列不同风俗的差异，就像是共住一座房屋；揣测事物有形无形的原因，好像曾亲眼目睹；推究社会治乱兴衰的变迁，好像曾亲身验证。所以《诗经》说："学有缉熙于光明。"说的就是这种情况。

独自苦思就会凝滞而不通，独自造作就会困窘而无成。一个人的心灵，肯定有他的明了之物，也肯定有他感悟之处，就像是火得风助而更加旺盛，水往低处而流速加快。所以，太昊氏观察天地万物而创立八卦，燧人氏观察四季变化而钻木取火，黄帝听到凤凰鸣叫而调制音律，仓颉受禽鸟爪痕启迪而发明文字，这些都是伟大的圣人向神明学习而作用于各种事物。贤明的人不能学习远物，于是就学习近事，所以要以圣人为师。从前颜渊向孔子学习的时候，是闻一而知十，子贡是闻一而知二，这都是触类旁通，专心思索而感知到的。不但贤明的人要向圣人学习，即使是圣人，也是要前后相沿学习的。孔子因袭于周代的文王、武王，文王、武王因袭于商汤，商汤因袭于夏禹，夏禹因袭于唐尧、虞舜。所以，《周易》、《诗经》、《尚书》、《礼经》、《乐经》、《春秋》这六种典籍，是这些圣人前后因袭的著作，这些人虽然都已死亡了，他们的思想学说却还留存于世。如今的求学者专心致志地虚心学习这些著作，也是完全可以达到晓明事理而臻于广博通达的境界的。

大凡学习，以领会事物的要旨为首务，而掌握万物的名称则是次要的，事物的要旨掌握了，万物的名称自然会随之而掌握。但是，那些浅薄学者的所谓博学，乃是致力于物名的辨析，审察于器械的形制，夸耀于词义的训释，寻章摘句，却不能掌握事物要旨的所在，以了解先王的思想，这简直与女史诵读《诗经》、内竖传递命令一样，所以学习的人劳神思考却不能了解美好的品德，虚耗光阴而没有什么成就。所以，君子一定要慎重地选择良师。

法　象

徐幹认为，仪表容貌、言行举止是一个人内在操行的外在表象，通过外在表象就可以了解他的内心世界；礼法是做人所急需的，必须终身履行而不可有须臾的背离。所以君子都非常注重自身的外在表象，使自己的仪表容貌端庄尊贵；都能够竭尽恭敬以随礼法，使自己的言行举止符合礼法。

不但平常如此，即使是在孤身独处的时候，即使是在颠沛穷困的时候，即使是对妻子妾室、亲朋好友，君子也不敢有所懈怠，而是每时每刻都以礼法严格要求自己，随时随地不忘恭敬。因为礼法是恭敬的原则，恭敬是礼法的体现，两者相辅相成，不可偏废。

只有这样，才可以使自己表里如一，才能够安定本性，留存仁义，昭彰盛德，才能够成为真正的君子，为平民百姓所敬仰。

夫法象立，所以为君子。法象者，莫先乎正容貌、慎威仪。是故先王之制礼也，为冕服采章以旌之，为佩玉鸣璜以声之①，欲其尊也，欲其庄也，焉可懈慢也？夫容貌者，人之符表也。符表正，故情性治；情性治，故仁义存；仁义存，故盛德著；盛德著，故可以为法象。斯谓之君子矣。

君子者，无尺土之封而万民尊之，无刑罚之威而万民畏之，无羽籥之乐而万民乐之②，无爵禄之赏而万民怀之。其所以致之者，一也。故孔子曰："君子威而不猛③，泰而不骄④。"《诗》云⑤："敬尔威仪⑥，惟民之则。"若夫堕其威仪，恍其瞻视，忽其辞令，而望民之则我者，未之有

---

① 璜（huáng 黄）：佩玉。 ② 羽籥（yuè 月）：雉羽与籥，古代文舞用的舞具和乐器。 ③《论语·述而》："子温而厉，威而不猛，恭而安。" ④《论语·子路》："子曰：'君子泰而不骄，小人骄而不泰。'" ⑤《诗》：此指《诗经·大雅·抑》。⑥ 尔：今本《诗经》作"慎"。

也。莫之则者，则慢之者至矣。小人见慢也①，而致怨乎人，患己之卑，而不知其所以然，哀哉！故《书》曰②："惟圣罔念作狂，惟狂克念作圣。"

人性之所简也，存乎幽微③；人情之所忽也，存乎孤独。夫幽微者，显之原也；孤独者，见之端也。胡可简也，胡可忽也？是故君子敬孤独而慎幽微，虽在隐蔽，鬼神不得见其隙也。《诗》云④："肃肃兔罝⑤，施于中林。"处独之谓也。又有颠沛而不可乱者，则成王、季路其人也。昔者成王将崩，体被冕服⑥，然后发《顾命》之辞⑦；季路遭乱⑧，结缨而后死白刃之难。夫以仓卒之困、白刃之难，犹不忘敬，况于游宴乎？故《诗》曰⑨："就其深矣，方之舟之；就其浅矣，泳之游之⑩。"言必济也。

君子口无戏谑之言，言必有防；身无戏谑之行，行必

---

① 见：原作"皆"，据《群书治要》改正。 ②《书》：此指《尚书·多方》。 ③ 幽微：指地位低下而不为人所知。 ④《诗》：此指《诗经·周南·兔罝》。按诗的原意是在林中小心放置捕兔网，这里引用只取其小心独处之意。 ⑤ 罝（jū 居）：捕兔的网。 ⑥ 被：同"披"。 ⑦《顾命》之辞：即《尚书·顾命》。⑧ 子路为卫大夫孔悝宰，旧太子蒯聩因孔悝而作乱，子路不从孔悝，蒯聩使武士以戈击之，割断了他的帽缨。子路说："君子死，冠不免。"结好帽缨而死难。事见《左传·襄公十五年》。 ⑨《诗》：此指《诗经·邶风·谷风》。 ⑩"就其"四句：意思是水深的地方，就乘船过去；水浅的地方，就游泳过去。

有检。故虽妻妾不可得而黩也，虽朋友不可得而狎也，是以不愠怒而德行行于闺门，不谏谕而风声化乎乡党，传称“大人正己而物自正”者，盖此之谓也。以匹夫之居犹然，况得意而行于天下者乎？唐尧之帝①，允恭克让，而光被四表；成汤不敢怠违，而奄有九域；文王祗畏，而造彼区夏。《易》曰②：“观。盥而不荐③，有孚颙若④。”言下观而化也。

祸败之由也，则有媟慢以为阶，可无慎乎？昔宋敏碎首于棋局⑤，陈灵被祸于戏言⑥，阎、邴造逆于相

① 唐尧：古帝名，即尧。 ②《易》：此指《周易·观卦》。 ③ 盥：通“灌”，灌祭，酌酒浇地。 ④ 孚：诚信。颙（yóng 喁）：严正的样子。若：语气词。 ⑤ 宋敏：即宋闵公。宋鲁交战，南宫万为鲁所获。返回宋国后，与闵公弈棋，当着闵公宠妃的面称赞鲁庄公英俊无比，闵公很生气，回过头对宠妃说：“这个人是俘虏。”又对南宫万说：“这是因为你曾被鲁庄公俘虏过的缘故，他有什么英俊的？”南宫万很愤怒，用棋盘击断了宋闵公的脖子。事见《公羊传·庄公十二年》。 ⑥ 陈灵公与卿孔宁、仪行父与夏征舒的母亲夏姬私通。一日他们在夏姬家喝酒，当着夏征舒的面，灵公对仪行父说：“征舒像你。”仪行父回答说：“征舒也像国君。”夏征舒很恼火，等陈灵公出门回宫时从马厩里射死了他。事见《左传·宣公十年》。

诟①，子公生弑于尝鼋②。是故君子居身也谦，在敌也让，临下也庄，奉上也敬，四者备而怨咎不作，福禄从之。《诗》云③："靖恭尔位④，正直是与。神之听之，式谷以汝。"故君子之交人也。欢而不媟，和而不同，好而不佞诈，学而不虚行，易亲而难媚，多怨而寡非。故无绝交，

---

① 阎：阎职。邴（bǐng 丙）：邴歜（chù 触）。齐懿公做公子时，与邴歜的父亲争夺田地而不胜，即位后，乃挖掘出邴歜父亲的死尸而砍了他的脚，却让邴歜为他驾车。懿公还霸占了阎职的妻子，却让阎职作为骖乘。一日，懿公在申池游玩，他们两人在水池中洗澡，邴歜用鞭子抽打阎职，阎职发怒，邴歜说："别人霸占你的妻子你不生气，打你一下，有什么了不起的？"阎职说："比砍了他父亲的脚而不敢怨恨的人怎么样？"于是二人就策划杀了懿公。事见《左传·文公十八年》。② 楚人献给郑灵公一只大鳖。公子宋（字子公）和子家将要入见灵公，子公的食指颤动了一下，就对子家说："往常发生这种情况，就一定能吃上好东西。"等他们进去的时候，正好看到厨师在杀鳖，就相视而笑。灵公怪问其故，子家告诉了子公所说的话。等到赏赐大夫吃鳖的时候，灵公叫了子公却不给他吃。子公很气愤，伸出指头到鼎里沾了一下，放到嘴里尝了尝，然后走了出去。灵公很生气，想杀子公，反被子公所弑。事见《左传·宣公四年》。鼋（yuán 元）：大鳖。 ③《诗》：此指《诗经·小雅·小明》。 ④"靖恭"四句：意为应当恭敬地做好自己的事，帮助正直的人，那么神灵就会庇护你，给你福禄。谷：指俸禄。

无畔朋[1]。《书》曰[2]:“慎始而敬终[3],终以不困。”

夫礼也者,人之急也,可终身蹈而不可须臾离也。须臾离,则慆慢之行臻焉;须臾忘,则慆慢之心生焉。况无礼而可以终始乎?夫礼也者,敬之经也;敬也者,礼之情也。无敬,无以行礼;无礼,无以节敬。道不偏废,相须而行。是故能尽敬以从礼者,谓之成人。过则生乱,乱则灾及其身。昔晋惠公以慢瑞而无嗣[4],文公以肃命而兴国[5],郤犨以傲享征亡[6],冀缺以敬妻受服[7],子围

① 畔:通“叛”。 ②《书》:今本《尚书》无。《伪古文尚书·蔡仲之命》作“慎厥初,惟厥终,终以不困”。 ③“终”字原阙,据《左传·襄公二十五年》引及文义补。 ④《左传·僖公十一年》载:周天子派人赏赐晋惠公瑞玉,晋惠公态度傲慢失礼;派去的人回来告诉周王说:“晋侯其无后乎?王赐之命,而惰(怠慢)于受瑞,先自弃也已,其何继之有?”瑞,原作“端”,形近而讹。 ⑤ 指晋公子重耳在被迫逃出晋国、流亡各处的过程中,能敬顺天命,最后终于得享君位,重振晋国。⑥《左传·成公十四年》载:卫侯宴享晋郤犨(xì chōu 戏抽),宁殖相陪。郤犨态度傲慢,宁殖说:郤犨这样倨傲,是取祸之道,他家恐怕要灭亡了。过了三年,果然郤犨身亡。 ⑦ 冀缺与妻子相待如宾,被臼季所知,因向晋文公推荐冀缺,文公任冀缺为下军大夫,后来襄公又任冀缺为卿。事见《左传·僖公三十三年》。

以《大明》昭乱①，薳罢以《既醉》保禄②，良霄以《鹑奔》丧家，子展以《草虫》昌族③。君子感凶德之如彼，见吉德之如此，故立必磬折，坐必抱鼓，周旋中规，折旋中矩，视不离乎结襘之间④，言不越乎表著之位⑤。声气可范，精神可爱，俯仰可宗，揖让可贵，述作有方，动静有常，帅礼不荒，故为万夫之望也。

---

① 楚令尹公子子围宴享晋国大夫赵孟，席间，子围赋《诗经·大雅·大明》第一章。事后赵孟对晋大夫叔向说：令尹自以为王了（因《大明》首章是写文王的居高临下的声威）。叔向说："楚王弱，令尹强，子围虽能一时称王，恐不得善终。"不久，果然楚国有乱。事见《左传·昭公元年》。围：原作"国"，据《左传》改正。 ② 楚国大夫薳罢（wěi pí 委毗）到晋国订盟，受到晋侯宴享。薳罢临行前赋《诗经·大雅·既醉》（借以赞颂晋侯），晋大夫叔向称他将要掌握楚国之政。事见《左传·襄公二十七年》。 ③"良霄"二句：郑国国君宴享晋赵孟，郑大夫伯有赋《诗经·鄘风·鹑之奔奔》，子展赋《诗经·召南·草虫》。赵孟评论说：伯有恐怕要有杀身之祸（《鹑之奔奔》为卫人讽刺卫君淫乱之诗），子展却可以为之主（因为《草虫》诗中有"在上不忘降"的含义）。事见《左传·襄公二十七年》。良霄：即伯有。鹑奔：即《鹑之奔奔》一诗。 ④ 襘（guì 贵）：原作"绘"，形近而讹。衣领交叉处。 ⑤ 表著：古代朝会时，卿士大夫站立之处按贵贱品位各有定处，谓之表著。

【翻译】

法象确立了，也就可以成为君子了。所谓法象，最为首要的是修正端庄的容貌，谨守庄严的举止。所以从前的君王制定礼法，通过礼服、车舆、旌旗等的彩色文章来表彰它，通过佩带上的玉制饰物所发出的声音来宣扬它，目的就是为了使自己的仪表容貌尊贵，使自己的言行举止庄严。怎么可以懈惰怠慢呢？仪表容貌，是一个人的外在表象。外在表象端正，本性才能够安定；本性安定，仁义才能够留存；仁义留存，盛大的德行才能够昭著；盛大的德行昭著，才可以确立法象；法象确立了，就可以称得上君子了。

君子，没有任何封地，而天下的百姓都尊重他；没有对人施加刑罚的权力，而天下的百姓都敬畏他；没有隆重的音乐，而天下的百姓都喜爱他；没有对人赏赐爵禄的能力，而天下的百姓都怀念他。他是怎样做到的呢？那就是专一。所以孔子说："君子有威仪而不凶猛，安泰而不傲慢。"《诗经》说："要谨慎你的威仪，做下民仿效的榜样。"如果懈怠自己的仪表，慌张自己的举止，忽略自己的言谈，而指望他人效法他，从古到今都不曾有过。没有人效法他，那么怠慢他的人也就来了。小人被人们怠慢，就埋怨他人；不满足于自己的卑微，却不知道是怎么造成的，太可悲了！所以《尚书》说："圣人如果不把善道放在心上，就会变成愚顽之人；愚顽之人如果能把善道放在心上，就会变成圣人。”

人的本性所怠慢的，在于隐逸卑微之时；人之常情所忽略的，在于孤身独处之际。其实，隐逸卑微是显赫的基础，孤身独处是显露的开端，怎么可以怠慢呢？怎么可以忽略呢？因此，君子敬肃于孤身独处之时而慎守于隐逸卑微之处，即使在自己独处的时候，鬼神也看不到他的破绽。《诗经》说：“肃肃兔罝，施于中林。”说的就是在孤身独处时也要不忘端庄严肃。又有虽处困顿危难而不可迷乱的，周武王、子路就是这样的人。从前周武王将要去世的时候，身上披盖好礼服，然后向各位辅佐大臣发布《顾命》之辞；子路遭遇变乱，结好帽带然后死于白刃之下。在弥留之际、白刃之下，还不忘恭敬有礼，更何况悠游宴乐之时呢？所以《诗经》说：“就其深矣，方之舟之；就其浅矣，泳之游之。”说的就是君子要像在任何情况下都要渡过河去那样，在任何情况下都要不忘恭敬。

君子口中不说戏谑玩笑的话，所说的话一定有所顾忌；君子的身体没有戏闹玩笑的行为，所作的行为一定有所检点。所以，即使是对妻子妾室也不敢轻佻，即使是对亲朋好友也不敢轻侮。因此，无需生气发怒而高尚的德行施于家中，不必规谏劝阻而良好的风气教化于乡里。经传中所说的“大人正己而物自正”，说的就是这个意思。普通之人平常做事都能这样，更何况得志而施行于天下的人呢？远古的帝王唐尧，诚信、恭敬，能够谦让，声威恩德达于四方极远的地方；商汤不敢怠惰违失，而广有九州；周文王恭敬畏惧，而创建了中国。《周易》说：“观卦。灌祭而不荐牲，有信而尊敬。”说的就是在下之人察看在上之人而接受教化。

灾祸、失败的产生，是以狎侮不恭敬为台阶的，怎么可以不谨慎呢？从前宋闵公被南宫万用棋盘敲碎了头，陈灵公因妄出戏言而遭遇祸殃，阎职、邴歜因互相诋骂而生心变乱，子公因尝鳖之事而起弑君之心。所以君子处身谦逊，对敌谦让，临下庄严，奉上恭敬。这四点具备了，埋怨责备也就不会产生，福分与禄位也就会随之而来。《诗经》说：“靖恭尔位，正直是与。神之听之，式谷以汝。”因此，君子与人交往，愉悦欢快而不轻慢狎戏，和衷相济而又各不相同，友善和睦而不奸邪虚诈，勤勉学习而不轻举妄动，容易亲近却难以巴结逢迎，有可以指责的地方却没有不对之处。所以，没有断绝的交情，也没有背叛的朋友。《尚书》说：“慎始而敬终，终究不会有困惑。”

礼法，是做人所急需的，可以终身履行，却不可以有一时一刻的背离。只要有一时一刻的背离，就会出现怠慢的行为；只要有一时一刻的忘记，就会出现怠慢的思想，何况没有礼法而可慎始敬终呢？礼法，是恭敬的原则；恭敬，是礼法的体现。没有恭敬，就难以执行礼法；没有礼法，就无法节制恭敬。道理原则是不可以举此而遗彼的，而是应该相辅而成。所以，能够竭尽恭敬以随礼法的人，叫做成人。过分了就要出现混乱，混乱了那么灾祸就会降临到他的身上。从前晋惠公因怠慢周天子所赐的瑞玉而没有继承者，晋文公则因敬顺天命而兴国安邦，郤犨因傲慢受享而预示灭亡，冀缺因敬爱妻子而拜官封爵，子围因吟诵《大明》而显示逆乱之心，薳罢因吟诵《既醉》而表明能够久保禄位，良霄因吟诵《鹑之奔奔》而预示将戮及其身，子展因吟诵《草虫》而预示其宗族将昌盛不衰。

君子有感于凶德的丧家亡身、吉德的荣身昌族，所以站立就一定要偻折如磬，端坐就一定要措手如抱鼓，周曲回旋要符合圆规，直行转变要符合方矩，目光不低于衣衿交叉和衣带交结之处，言语不超越按贵贱名分固定的伫立之位，声音气息可为模范，精神恣态凝重可爱，一举一动值得尊崇，礼仪文德端庄尊贵，传承与创新有一定的方法，行动和止息有一定的原则，遵循礼法不荒废，所以为平民百姓所敬仰。

修　本

凡事都有轻重远近本末之分，唯智者能选重就近修其本。不是轻者、远者不足为，也非末节无足取，而是因为世事纷繁，凡有所得必有所失，关键在于得其必须得，而舍其可以舍。

做人也是如此。要达到人格的完善，要具备高尚的品德，就必须从根本做起，而不能舍本逐末。《修本》就是论述如何从根本做起的。

首先，要严以律己，宽以待人。一个人无法以自己的意志强加于人，却可以严格把握自己，经常反省自己。其次，要以人为鉴，做到闻过则喜，见善思齐，见不善而自省。第三，要言行一致。一言既出，就必须认真付诸行动。第四，见微而知著，要从小处做起，从身边做起，勿以善小而不为，勿以寡处而放肆。无须刻意追求，水到渠自成。

人心莫不有理道。至乎用之，则异矣，或用乎己，或用乎人。用乎己者，谓之务本；用乎人者，谓之追末①。君子之理也，先务其本，故德建而怨寡；小人之理也，先追其末，故功废而雠多②。孔子之制《春秋》也，详内而略外，急己而宽人。故于鲁也，小恶必书；于众国也，大恶始笔。

夫见人而不自见者，谓之矇；闻人而不自闻者，谓之聩③；虑人而不自虑者，谓之瞀④。故明莫大乎自见，聪莫大乎自闻，睿莫大乎自虑。此三者，举之甚轻，行之甚迩，而人莫之知也⑤。故知者举甚轻之事以任天下之重，行甚迩之路以穷天下之远，故德弥高而基弥固，胜弥众而爱弥广。《易》曰⑥："复。亨。出入无疾，朋来无咎。"其斯之谓欤！

君子之于己也，无事而不惧焉：我之有善，惧人之未

① 追：原作"近"，形近而讹，据《群书治要》正。下"先追其末"句同。 ② 雠(chóu 愁)：同"仇"。 ③ 聩（kuì 愧）：耳聋。 ④ 瞀(mào 冒)：眼睛昏花。 ⑤ 人：原缺，据《群书治要》补。 ⑥《易》：此指《周易·复卦》。

吾好也；我之有不善，惧人之未吾恶也[①]；见人之善，惧我之不能修也；见人之不善，惧我之必若彼也。故其向道，止则隅坐[②]，行则骖乘[③]；上悬乎冠緌[④]，下系乎带佩；昼也与之游，夜也与之息，此《盘铭》之谓“日新”[⑤]。《易》曰[⑥]：“日新之谓盛德。”孔子曰：“弟子勉之，汝毋自舍！人犹舍汝，况自舍乎？人违汝其远矣！”故君子不恤年之将衰，而忧志之有倦。

不寝道焉[⑦]，不宿义焉[⑧]。言而不行[⑨]，斯寝道矣；行而不时，斯宿义矣。夫行异乎言，言之错也，无害乎智[⑩]；言异乎行，行之错也，有伤于仁，是故君子务以行前言也。人之过在于哀死而不爱生[⑪]，在于悔往而不慎来[⑫]；喜语乎已然，好争乎遂事；堕于今日，而懈于后旬；如斯

① 未：《群书治要》作“必”。 ② 隅坐：古人布席坐于地，尊者居正席，卑者坐于席角以示尊敬。 ③ 骖乘：即陪乘，乘车时居于车右。此指车右之处。 ④ 緌（ruí 瑞阳平）：帽带的末梢部分。 ⑤《盘铭》：此指商汤盘铭。《礼记·大学》：“汤之盘铭曰：‘苟日新，日日新，又日新。’” ⑥《易》：此指《周易·系辞上》。 ⑦ 寝：停止而不行动的意思。 ⑧ 宿：与“寝”义相近，也是止息而不实行的意思。 ⑨“言而”至“义矣”十六字原脱，据《群书治要》补。 ⑩ 周：原作“害”，形近而讹，据俞樾《诸子平议补录》卷十改正。 ⑪ 不爱生：原作“不在于爱生”，据《群书治要》删正。 ⑫“不慎来”：原作“不在于怀来”，据《群书治要》改正。

以及于老。故野人之事，不胜其悔；君子之悔，不胜其事。孔子谓子张曰："师吾欲闻彼将以改此也。闻彼而不改此，虽闻何益？"故《书》举穆公之誓①，善变也；《春秋》书卫北宫括伐秦②，善摄也。

夫珠之含砾，瑾之挟瑕，斯其性与！良工为之，以纯其性，若夫素然。故观二物之既纯，而知仁德之可粹也。优者取多焉，劣者取少焉，在人而已，孰禁我哉？乘扁舟而济者③，其身也安；粹大道而动者，其业也美。故《诗》曰④："追琢其章⑤，金玉其相⑥。勉勉我王⑦，纲纪四方。"先民有言："明出乎幽，著生乎微。故宋井之霜，以基升正之寒；黄栌之萌⑧，以兆大中之暑。事亦如之。故君子修德，如乎笄丱⑨，终乎鲐背⑩；创乎夷原，成乎乔岳⑪。《易》曰⑫："升。元亨。用见大人，勿恤，南征吉。"积小致大之谓也。小人朝为而夕求其成，坐施而立望其

① 穆公之誓：即《尚书·秦誓》。其中记载了在秦晋殽之战失败后，秦穆公改悔错误的决心和誓词。 ② 北宫括伐秦：事见《春秋经·襄公十四年》。 ③ 扁舟：谓编列众舟。扁，通"编"（参见俞樾《诸子平议补录》卷十）。 ④《诗》：此指《诗经·大雅·棫（yù 玉）朴》。 ⑤ 追：通"雕"，雕刻。章：花纹。 ⑥ 相：质地。 ⑦ 勉勉：勤勉不懈。 ⑧ 黄栌：落叶灌木，春夏之交发芽开花。栌：原作"芦"，形近而讹。 ⑨ 笄丱（jī guàn 机贯）：指初成年时。 ⑩ 鲐（tái 台）背：背上皮肤如鲐鱼，喻指老人。 ⑪ 乔：高。 ⑫《易》：此指《周易·升卦》。

反，行一日之善而求终身之誉。誉不至，则曰善无益矣，遂疑圣人之言，背先王之教，存其旧术，顺其常好，是以身辱名贱而不免为人役也。孔子曰："小人何以寿？为一日之不能善矣。"久恶，恶之甚也。

盖人有大惑而不能自知者，舍有而思无也，舍易而求难也。身之与家，我之有也，治之诚易，而不肯为也；人之与国，我所无也，治之诚难，而愿之也。虽曰"吾有术、吾有术①"，谁信之欤？故怀疾者，人不使为医；行秽者，人不使画法，以无验也。子思曰②："能胜其心，于胜人乎何有？不能胜其心，如胜人何？"故一尺之锦，足以见其巧；一仞之身，足以见其治。是以君子慎其寡也。

道之于人也，甚简且易耳③。其修之也，非若采金攻玉之涉历艰难也，非若求盈司利之竞逐嚣烦也④。不要而遘⑤，不征而盛，四时嘿而成⑥，不言而信。德配乎天地，功侔乎四时，名参乎日月。此虞、舜、大禹之所以由匹夫登帝位，解布衣被文采者也。故古语曰："至德之

---

① 术：方法，亦指才能。 ② 子思：孔子儿子孔鲤之子，名伋（jí 吉），著有《子思》二十三篇，已佚。 ③ 甚：原作"其"，据《意林》及《太平御览》卷四百零三所引改正。 ④ 嚣（xiāo 萧）：喧哗，吵闹。 ⑤ 遘（gòu 构）：相遇。 ⑥ "四时"句：俞樾《诸子平议补录》卷十谓当作"不行而成"。

贵，何往不遂[①]；至德之荣，何往不成！”后之君子，虽不及行，亦将至之云耳。

琴瑟鸣，不为无听而失其调；仁义行，不为无人而灭其道。故弦绝而宫商亡，身死而仁义废。曾子曰[②]：“士任重而道远。仁以为己任，不亦重乎？死而后已，不亦远乎？”夫路不险，则无以知马之良；任不重，则无以知人之德。君子日强其所重以取福[③]，小人日安其所轻以取祸。

或曰：“斯道岂信哉？”曰：何为其不信也？世之治也，行善者获福，为恶者得祸；及其乱也，行善者不获福，为恶者不得祸，变数也。知者不以变数疑常道，故循福之所自来，防祸之所由至也。遇不遇，非我也，其时也。夫施吉报凶谓之命，施凶报吉谓之幸，守其所志而已矣。《易》曰[④]：“君子以致命遂志[⑤]。”然行善而不获福犹多[⑥]，为恶而不得祸犹少，总夫二者，岂可舍多而从少也？曾子曰：“人而好善，福虽未至，祸其远矣；人而不好善，祸

---

① 遂：达到，指目的实现。 ② 语载《论语·泰伯》。 ③ 日：原讹作“自”，据文义改正。 ④《易》：此指《周易·困卦》。 ⑤ 致命：授命，献出生命。 ⑥ “不”字为衍文。

虽未至，福其远矣。”故《诗》曰[①]：“习习谷风[②]，惟山崔巍[③]。何木不死，何草不萎？”言盛阳布德之月，草木犹有枯落而与时谬者，况人事之应报乎？故以岁之有凶穰[④]，而荒其稼穑者，非良农也；以利之有盈缩，而弃其资货者，非良贾也[⑤]；以行之有祸福而改其善道者，非良士也。《诗》云[⑥]：“颙颙卬卬[⑦]，如珪如璋[⑧]，令闻令望[⑨]。恺悌君子[⑩]，四方为纲。”举珪璋以喻其德，贵不变也。

【翻译】

每个人的心里都有处理各种事情的标准。至于具体实施，就不一样了，有的人严求于自身，有的人则苛责于他人。严求自身的，叫做务本；苛责他人的，叫做追末。君子处理事情，首先致力于根本，所以能够建立道德却很少有怨恨；小人处理事情，首先致力于末节，所以

①《诗》：此指《诗经·小雅·谷风》。所引四句今作“习习谷风，维山崔嵬。无草不死，无木不萎”。②习习：温暖和煦的样子。谷风：东风。③崔巍：高峻的样子。④穰（ráng瓤）：收成好。⑤贾（gǔ古）：商人。⑥《诗》：此指《诗经·大雅·卷阿》。⑦颙颙（yóng永阳平）：严肃的样子。卬卬（áng昂）：轩昂的样子。⑧“珪”、“璋”：是古代贵族朝聘、祭祀、丧葬、发兵等重要仪式用以表示凭信的两种玉制礼器，长条形，珪上尖下方，璋似圭而作斜锐角形。⑨令：善。⑩恺（kǎi凯）悌：和乐简易。

不能建立功业却有很多怨仇。孔子编修《春秋》的时候，周详于内而简略于外，严以律己而宽以待人，所以对于鲁国，是细小的过失也要记载，对于他国，则是巨大的错误方始载录。

看见他人而看不见自己的人，叫做矇；听见他人而听不见自己的人，叫做聩；思虑他人而不能自我反省的人，叫做瞀。所以，眼睛好，没有胜过能够看见自我的；耳朵好，没有胜过能够听见自我的；脑子聪敏，没有超过能够反省自我的。这三方面做起来很轻易，走起来很短近，而人们却没有能够认识到。因此，聪明的人通过做极轻易的事情来承担天下的重任，通过走极短近的道路来穷尽天下的远方。所以德行越高尚而基础越牢固，所胜越多而所爱越广。《周易》说："复。亨祀。或出或入无疾病，有朋友来无灾害。"说的恐怕就是这个意思吧！

君子对于自身，可以说是没有什么事敢不畏惧：我有善行美德，害怕人家不喜欢我；我有丑行恶德，又害怕人家不讨厌我；看见人家有善行美德，害怕自己学不来；看见人家有丑行恶德，又害怕自己也一定像他。所以君子对于"道"，是事事处处不敢懈怠的：在家闲居就坐在席角，外出乘车就坐在车右；在上悬挂于帽带的缨穗，在下系结在腰带佩饰；白天同它一起活动，夜晚与它一起歇息。这就是商汤《盘铭》所说的"日新"。《周易》说：

"日新就叫做盛德。"孔子说:"弟子们要努力啊,你们不要自我抛弃!人家已经抛弃你们了,你们还能自我抛弃吗?人家距离你们已经很远了。"所以君子不顾惜生命的衰暮,而害怕志向的倦怠。

行道是不能中止的,行义是不能停息的。说了而不施行,这就是中止行道;施行而不合时,这就是停息行义。行为与言论不同,如果是言论的错误,对才智还无妨碍;言论与行为不同,如果是行为的错误,对仁义就有伤害,这样君子必须履行许下的诺言。人们的过错在于害怕死亡却不知爱惜生命,在于追悔过去却不知慎守未来;在于喜欢谈论已经过去的事情,爱好争论已经完成的事情;在于既懈怠于今日,又放松于后日;这样以至于老。所以,一般人所做的事情,是悔不胜悔;而君子悔恨的,却是事情干不胜干。孔子对子张说:"学习我想用听到的'彼'以改变'此'的做法。听到了那合理的事而不改变这不合理的事,虽然听说了,又有什么益处呢?"所以《尚书》记载了秦穆公的誓言,这是赞许他善于纠正自己的过错;《春秋》记载了卫国北宫括与诸侯之师攻打秦国,这是赞许他善于采纳他人的合理建议。

珍珠含有沙砾,美玉挟有斑痕,这是它们的自然属性吧!高明的工匠治理它们,以使它们的自然属性更加纯粹,好像原来就如此。所以,看到珍珠、美玉的纯粹,就可以知道仁德也是可以使它臻于完美的。优异的人吸取得多，愚劣的人吸收得少，关键在于人们自身，谁禁止我了？乘坐许多小船并连在一起的编舟渡河，他的身体就安全；汇集各种大的道理以做事，他的事业就宏伟。所以《诗经》说："追琢其章，金玉其相。勉勉我王，纲纪四方。"从前的人们说过："光明出自幽暗，显著生于卑微。"所以，宋国井台上的白霜，已经预示了严冬的寒冷；黄栌树枝上的萌芽，已经预示了酷暑的炎热。天下万事也是如此。因此，君子培养美德，始于初成之年，终于老迈之岁；开创时似平原，成就时如高山。《周易》说："升。举行大享祭，适合于见大人，不要忧虑，南征吉利。"说的就是积小而成大。小人早上做了晚上就指望成功，坐着行善立起就指望回报，做一天善行却想得到终身的美名。美名未获得，就说做善事没有好处，于是就怀疑圣人的言论，背弃先王的教诲，保存他原来的方法，顺从他平素的喜好，因此，身辱名贱而不免被人役使。孔子说："小人怎么能够留芳百世呢？因为他一天也不能行善啊！"长久为恶，这是恶中之恶。

人们有极大的迷惑而不能够自我知晓的，就在于放弃已有的而思慕没有的，放弃容易的而希求艰难的。自身与家庭，是我自己拥有的，要管理好实在是容易，却不肯去做；他人与国家，是我所没有的，要管理好实在是艰难，却愿意去做。尽管自我标榜说“我有方法，我有才能”，谁会相信他呢？所以，自己有病的人，人们不请他治疗疾病；自己行为丑恶的人，人们不请他筹划法度，这是因为在他身上没有得到验证。子思说：“能够驾驭自己的心灵，对于驾驭他人又有何难？不能驾驭自己的心灵，又怎能驾驭他人？”所以，通过一尺长的锦缎，就完全可以看出织工技术的巧妙；通过七尺高的身躯，就可以判断他做事的能力。因此，君子在他独处的时候也很谨慎。

“道”对于人来说，是非常简单而且容易的。要培养它，不像采掘金子、攻治玉石那样历经千辛万苦，也不像追求富盈、谋求利益那样奔走追逐吵闹烦躁。无须特别求取就可遇到，不用刻意追求就可使事业兴盛，不做而可成功，不说而获信任。品德与天地相配，功业与四时相等，名字与日月相并。这是尧、舜、大禹之所以从匹夫登上帝位、脱掉布衣而穿上华丽冕服的原因。所以古语说：“至德之贵，何往不遂？至德之荣，何往不成？”后世的君子，虽然来不及施行，也是应该具备这种美德的。

琴瑟奏鸣，不因为暂时无人赏听而自乱其曲调；施行仁义，也不因为一时无人应合而自弃其道。所以，琴弦断绝宫商之音才灭亡，身体死亡仁义之行才废绝。曾子说：“士任重而道远。把推行仁作为自己的任务，不是很重吗？死而后已，不是很远吗？”道路不险，就无法判定马的好坏；任务不重，就无法判定人的德行。君子每天增加任务的重量以求福，小人却每天安于轻任以取祸。

有人问：“这个道理真的可信吗？”回答说：为什么不可信呢？社会安定正常的时候，行善的人得福，为恶的人得祸；等到社会混乱的时候，行善的人不得福，为恶的人不得祸，这是一种变例。聪明的人不以变例怀疑常则，所以不断遵循福来的道路，坚决杜绝祸至的途径。得福还是不得福，不是我自己能决定的，而是由时势决定的。行善而得凶报，叫做命运；行凶而得善报，叫做幸运。因此，君子只要保持他的志向也就行了。《周易》说：“君子舍其生命而行其志愿。”但是，行善而得福的毕竟还是多数，为恶而不得祸的到底还是少数，综合比较这二者，难道可以放弃多数而追随少数吗？曾子说：“人如果爱做善行，福虽然没有来，而祸却已远离其身了；人如果不好善行，尽管祸没有来，而福却已远离其身了。”所以《诗经》说：“习习谷风，惟山崔巍。何木不死，何草不萎？”说的是在温暖和煦的阳光照耀下，草木还有枯死衰萎而与季节相违的，何况人事的吉凶报应呢？所以，因为年成的有好有坏而荒废耕种收获的，就不是好农民；因为利润的有盈有亏而放弃资财货物的，就不是好商人;因为行为的有祸有福而改变善行大道的,就不是好士人。《诗经》说:“颙颙卬卬,如珪如璋,令闻令望。恺悌君子,四方为纲。”以珪和璋来比喻君子的道德,是看重它不变的本质。

虚　道

人们修治自己的德行，就好像一个器皿盛物，只有当它虚空时，才能够容纳，一旦满盈了，就再也容纳不下了。所以，只有虚怀若谷，不断吸收他人的长处以充实自身、完善自己的人，才能够建德立业，才能够成为君子，而骄傲自满、狂妄自大则是人们成才的大敌。

金无足赤，人无完人，这是客观、自然的道理。所以，你有超凡脱俗的才智、能力，并不值得看重，最为珍贵的是具备学习他人的长处唯恐不到家、改正自己的缺点唯恐不彻底的精神。因为任何人都不可能十全十美，但每个人都可以朝着这个目标不断努力，这是一个无限的过程。泰山不让土壤，故能成其大；江海不捐细流，故能就其深。只有具备谦虚谨慎的心理素质，才能保证在漫长的人生道路上自始至终都能取他人之长，以攻自己之短。

这就是《虚道》所论述的中心内容。

人之为德，其犹器欤①！器虚则物注，满则止焉。故君子常虚其心志，恭其容貌，不以逸群之才加乎众人之上。视彼犹贤，自视犹不足也。故人愿告之而不厌，诲之而不倦②。《易》曰③："君子以虚受人。"《诗》曰④："彼姝者子，何以告之？"

君子之于善道也，大则大识之，小则小识之，善无大小，咸载于心，然后举而行之；我之所有，既不可夺，而我之所无，又取于人；是以功常前人而人后之也。故夫才敏过人，未足贵也；博辩过人，未足贵也；勇决过人，未足贵也；君子之所贵者，迁善惧其不及，改过恐其有余。故孔子曰："颜氏之子，其殆庶几乎！有不善未尝不知，

---

①"器"上原衍"虚"字，据《群书治要》改正。②"故人"二句：原脱"而不厌诲之"五字，据《群书治要》补。③《易》：此指《周易·咸卦》。④《诗》：此指《诗经·鄘风·干旄》。

知之未尝复行①。”

夫恶犹疾也，攻之则益悛②，不攻则日甚。故君子之相求也，非特兴善也，将以攻恶也。恶不废则善不兴，自然之道也。《易》曰③：“否之匪人④，不利君子贞，大往小来。”阴长阳消之谓也。……

夫酒食，人之所爱者也，而人相见莫不进焉。不吝于所爱者，以彼之嗜之也。使嗜忠言甚于酒食⑤，人岂爱之乎⑥？故忠言之不出，以未有嗜之者也。《诗》云⑦：“匪言不能，胡斯畏忌？”

目也者，能远察天际，而不能近见其背⑧，心亦如之。君子诚知心之似目也，是以务鉴于人以观得失。故视不过垣墙之里，而见邦国之表；听不过阈槷之内⑨，而闻千里之外，因人之耳目也⑩。人之耳目尽为我用，则我之聪

---

① “颜氏”四句：语见《周易·系辞下》。颜氏之子：即颜回，字子渊，孔子弟子，好学，乐贫安道，不迁怒，不二过，以德行著称。 ② 悛(quān 圈)：悔改。 ③《易》：此指《周易·否卦》。 ④ 否：原作“比”，据《周易》改正。 ⑤ “使嗜”句：原作“使嗜者甚于酒食”，据《群书治要》改正。 ⑥ “乎”字原缺，据《群书治要》补。 ⑦《诗》：此指《诗经·大雅·桑柔》。 ⑧ “能远”二句：原脱“天”、“际”、“背”三字，原注：一本作“能远察天际而不能近见其背”。背，为“背”之误，据《群书治要》补正。 ⑨ 阈槷(yù niè 玉聂)：泛指大门。阈，门栏。槷，门橛。 ⑩ “因人”句：原脱“之耳目”三字，据《群书治要》补。

明无敌于天下矣。是谓人一之，我万之；人塞之，我通之。故知其高不可为员[①]，其广不可为方。

先王之礼：左史记事，右史记言，师瞽诵诗[②]，庶僚箴诲，器用载铭，筵席书戒，月考其为，岁会其行，所以自供正也。昔卫武公年过九十，犹夙夜不怠思闻训道[③]，命其群臣曰："无谓我老耄而舍我，必朝夕交戒我[④]。"又作《抑诗》以自儆也[⑤]。卫人诵其德，为赋《淇澳》[⑥]，目曰睿圣[⑦]。

凡兴国之君，无不修德者也。故《易》曰[⑧]："君子以恐惧修省。"下愚反此道也，以为己既仁矣、智矣、神矣、明矣，兼此四者，何求乎众人？是以辜罪昭著，腥德发闻，百姓伤心，鬼神怨痛，曾不自闻，愈休如也。若有告之者，则曰："斯事也，徒生乎子心，出乎子口。"于是刑焉、戮焉、辱焉、祸焉，不能免，则曰："与我异德故也，未达我道故也。"又安足贵？是己之非，遂初之缪[⑨]，至于身

---

① 员：通"圆"。 ② 瞽(gǔ 古)：眼睛瞎。 ③ 道：通"导"。 ④"我"字原脱，据《群书治要》及《国语·楚语》补。 ⑤《抑诗》：即《诗经·大雅·抑》。 ⑥《淇澳(yù 玉)》：即《诗经·卫风·淇澳》。澳，一作奥。 ⑦ 目：原作"且"，形近而讹，据俞樾《诸子平议补录》卷十改正。 ⑧《易》：此指《周易·震卦》。 ⑨ 缪：通"谬"，错误，舛乱。

危国亡，可痛矣乎！夫《诗》曰[①]："诲尔谆谆，听之藐藐[②]。匪用为教[③]，覆用为虐。"

盖闻舜之在乡党也，非家馈而户赠之也，人莫不称善焉；象之在乡党也[④]，非家夺而户掠之也，人莫不称恶焉。由此观之，人无贤愚，见善则誉之，见恶则谤之，此人情也，未必有私爱也，未必有私憎也。今夫立身，不为人之所誉，而为人之所谤者，未尽为善之理也。尽为善之理，将若舜焉，人虽与舜不同，其敢谤之乎？故语称"救寒莫如重裘，止谤莫如修身，疗暑莫如清水"[⑤]，信矣哉！

【翻译】

人们修治道德，就像是器皿吧！器中虚空就可以盛物，充满就不能再盛了。所以，君子总是使他的心志虚空，使他的容貌谦恭，不以自己超拔出众的才华凌驾众人之上，人家看他已很贤明，而他自视仍觉不足，因此，人们愿意不厌其烦地告诉他，愿意不惮疲倦地教导他。《周易》说："君子以谦虚之心接受他人的教益。"《诗经》

---

①《诗》：此指《诗经·大雅·抑》。 ② 之：今本《诗经》作"我"。藐藐：忽略的样子。 ③ 匪：通"非"。 ④ 象：传说是舜的弟弟。 ⑤"疗暑"句：《意林》引在"救寒"句上，于文义为顺。清水：原作"亲冰"，据《意林》改正。

说："那个出众的人，拿什么告诉他呢？"

君子对于好的思想，大的就大记住，小的就小记住，不论大小，都铭记在心，然后用行动来贯彻执行。自己已经具备的，不会再失去；而自己所没有的，又从别人那里吸取了来。所以，他的事业往往超出他人，而别人则落在他的后面。因此，才能聪慧超过他人，不值得珍贵；渊博善辩超过他人，不值得珍贵；勇敢果断超过他人，也不值得珍贵。君子所注重的是，害怕人家的长处不能完全学过来，害怕自己的缺点不能全部改正掉。所以孔子说："颜氏的儿子颜回，恐怕是差不多了！有过失，没有不知道的；知道了就一定改正，决不再重复所犯的过失。"

缺点，就好像是疾病，攻治它，就会逐渐痊愈；不攻治，就会一天天加剧。所以，君子所要求的，不单纯是发扬优点，而且还要克服缺点。缺点不能制止，优点就不能发扬，这是自然的道理。《周易》说："否之非其人，对于君子不利，贤能之人去，庸劣小人来。"说的就是阴盛阳衰，无才德之人得志而有才德的君子衰微。……

美酒佳肴，是人们喜爱的东西，而人们相见，没有不拿出来招待的。对自己喜爱的东西不感到吝惜的原因，是因为客人喜爱它。假如人们对忠言的喜爱超出了对美酒佳肴的喜爱程度，难道就会吝惜而不拿出来吗？所以，忠言不出口，是因为没有喜爱它的人。《诗经》说：

“不要说不能讲话，为何有这般畏忌！”

人们的眼睛，能远察天边，却不能看见自己的眼眶。人们的心灵也是这样。君子清楚地知道心灵像眼睛，所以努力以人为镜从而了解自己的得失。因此，视力所及不过垣墙之内，却能看见国家之外；听力所及不过大门之内，却能听见千里之外，这是因为君子能够利用他人的眼睛、耳朵来视听。他人的耳朵、眼睛都为我所用，那么我的听力、视力就没有人能比得上。这就叫做“人一之，我万之；人塞之，我通之。”所以知道他的高峻不可为圆，他的广博不可为方。

从前君子的礼法：左史记载所做的事，右史记录所说的话，瞎眼的乐师讽诵诗歌，广大的臣僚规谏告诫，所用的器皿刻有铭誓，所坐的垫子写有戒律，每月都要总结他的作为，每年都要审核他的行动，用以约束自我奉行正道。从前卫武公年龄超过了九十岁，还日夜不倦地希望听到他人的训导，命令他的臣僚说：“不要因为我年岁老迈而不劝谏我，一定要从早到晚互相规诫我。”又自作《抑诗》，用以自我告诫。卫国的人们创作了《淇澳》，用以歌颂他的功德，把他叫做“睿圣武公”。

凡是能使国家兴盛的君王，都是注重修治道德的。所以《周易》说：“君子以畏惧之心修治德业，省察自身。”最愚蠢的人则与此相反，以为自己已经很仁慈、很聪明了，已经无所不知、无所不明了，兼备了这四个方面，又需要向别人学习什么呢？所以罪恶昭彰、秽行显扬、百姓伤心、鬼神怨痛，竟不自知，反而更加悠然自得。如果有人告诉他所存在的缺点，就说："你所说的这些事，只是生在你的心里，出于你的口中。"于是难免受刑罚、受杀戮、受污辱、受祸害，还说："这是人们与我思想不同的缘故，这是人们没有了解我的思想的缘故。"这又哪里值得珍贵呢？肯定自己的错误，因循当初的谬妄，直至身危国灭，真是可悲啊！《诗经》说："我谆谆然向你规劝，你听起来却不以为意。不用我之所言为政令，反谓之有害于事。"

听说舜在所居住的地方，并没有挨家挨户地馈赠物品，人们却没有不说他好的；象在所居住的地方，并没有挨家挨户地掠夺财物，人们却没有不说他坏的。由此可见，人不分聪明愚笨，看见好的就会称赞他，看见坏的就会批评他，这是人之常情，不一定非得有什么偏爱，也不一定非得有什么偏恨。如今人们立身于世，不去做为人们所称誉的事，而去做为人们所批评的事，这是因为没有明白为善的道理。完全明白了为善的道理，就像舜那样去贯彻执行，尽管人们的思想境界不同，又有谁会批评他呢？所以谚语说："抵御寒冷，没有比厚皮大衣更好的；制止批评，没有比修炼身心更好的；治疗暑毒，没有比冰凉清水更好的。"的确是这样的啊！

贵　验

《贵验》是徐幹系统论述为人处世原则的一篇力作。他认为：

首先，不用担心人家不了解你，需要担心的是自己没有能力。只要你具备了高尚的品德，并且专心致志、持之以恒地推行，人们终究会发现、承认你的。其次，不用害怕他人批评议论，而应具备闻过则喜、闻善言则拜的精神，真诚不断地学习他人的长处，迅速及时地纠正自己的过失。即使蒙受了冤屈，也无须申辩，只要走正道，行善事，随着时间的推移，流言蜚语自然会烟消云散。此外，还要慎重地选择朋友，选择合适的居处环境，等等。

事莫贵乎有验，言莫弃乎无征。言之未有益也，不言，未有损也。水之寒也，火之热也，金石之坚刚也，此数物未尝有言，而人莫不知其然者，信著乎其体也。使吾所行之信若彼数物，而谁其疑我哉？今不信吾所行，而怨人之不信也，犹教人执鬼缚魅，而怨人之不得也，惑亦甚矣！孔子曰："欲人之信己也，则微言而笃行之。"笃行之，则用日久；用日久，则事著明；事著明，则有目者莫不见也，有耳者莫不闻也，其可诬哉？故根深而枝叶茂，行久而名誉远。《易》曰①："恒，亨。无咎，利贞。"言久于其道也。伊尹放太甲②，展季覆寒女③，商鲁之民不称淫、篡焉。何则？积之于素也。故染不积，则人不观其色；行不积，则人不信其事。子思曰："同言而信，信在言前也；同令而化，化在令外也。"……

谁谓华、岱之不高，江、汉之不长与？君子修德，亦

---

①《易》：此指《周易·恒卦》。 ②"伊尹"句：伊尹为商汤臣，汤孙太甲继外丙、中壬即位后，暴虐乱政，败坏汤法，伊尹乃放之于桐宫而自摄政当国。三年后，太甲悔过自新，伊尹于是迎归太甲而归复其政。事见《史记·殷本纪》。 ③展季：春秋时鲁国大夫展禽，字季。因食邑柳下，谥惠，故又称柳下惠。相传曾夜宿城门，遇一无家女子，恐其冻伤，而使坐于己怀，以衣裹之，竟宿而无淫乱行为。见《诗经·小雅·巷伯》毛传。

高而长之，将何患矣？故求己而不求诸人，非自强也，见其所存之富耳。子思曰："事自名也，声自呼也，貌自眩也①，物自处也，人自官也，无非自己者。"故怨人之谓壅，怨己之谓通；通也知所悔，壅也遂所误。遂所误也，亲戚离之；知所悔也，疏远附之。疏远附也，常安乐；亲戚离也，常危惧。自生民以来，未有不然者也。殷纣为天子而称独夫②，仲尼为匹夫而称素王③，盖此类也。故善钓者不易抵而得鱼④，君子不降席而追道，治乎八尺之中，而德化光矣。古之人歌曰："相彼玄鸟⑤，止于陵阪⑥。仁道在近，求之无远。"

人情也莫不恶谤，而卒不免乎谤，其故何也？非爱智力而不已之也⑦，已之之术反也。谤之为名也，逃之而愈至，距之而愈来，讼之而愈多。明乎此，则君子不足为也；闇乎此，则小人不足得也。帝舜屡省，禹拜昌言，明

---

① 眩：通"炫"，炫耀。 ② 独夫：指众叛亲离的统治者。 ③ 素王：谓有帝王之德而未居其位的人。 ④ 不易抵而得鱼：原作"不易渊而殉鱼"，据《太平御览》卷八百三十四所引改正。抵(zhǐ 纸)：抛掷。 ⑤ 相：视看。 ⑥ 阪(bǎn 板)：山坡。 ⑦ 智：原作"致"，据《群书治要》改正。

乎此者也；厉王蒙戮[1]，吴起刺之[2]，阇乎此者也。夫人也[3]，皆书名前策，著形列图，或为世法，或为世戒，可不慎之[4]？

曾子曰："或言予之善，予唯恐其闻；或言予之不善，唯恐过而见予之鄙色焉。"故君子服过也，非徒饰其辞而已，诚发乎中心，形乎容貌，其爱之也深，其更之也速，如追兔，唯恐不逮。故有进业无退功。《诗》曰[5]："相彼脊令，载飞载鸣。我日斯迈，而月斯征[6]。"迁善不懈之谓也。夫闻过而不改谓之丧心，思过而不改谓之失体。失体、丧心之人，祸乱之所及也，君子舍旃[7]。

《周书》有言[8]："人毋鉴于水，鉴于人也。"鉴也者，可以察形；言也者，可以知德。小人耻其面之不及子都

---

① 厉王：周厉王（？—前 288），名胡。奢侈暴虐，又派卫巫监杀谤者，国人敢怒而不敢言，三年后厉王被放逐于彘。事见《国语·周语上》。 ② 吴起：战国时卫人。相传少年时家累千金，游仕不遂，遂破其家。乡亲们嘲笑议论他，他很恼火，杀死了三十多个议论他的人。事见《史记·孙子吴起列传》。 ③ 此三字原缺，据《群书治要》补。 ④ 之：《群书治要》作"欤"。 ⑤《诗》：此指《诗经·小雅·小宛》。 ⑥"相彼"四句：相，今《诗经》作"题"，视，看。脊令，水鸟名，即鹡鸰。载，且。迈，前进。而，通"尔"，你。征，远行。 ⑦ 旃（zhān 粘）：助词，相当于"之焉"。 ⑧《周书》：此指《尚书·酒诰》，而文有小异。

也①,君子耻其行之不如尧、舜也②。故小人尚明鉴,君子尚至言。至言也,非贤友则无取之,故君子必求贤友也。《诗》曰③:"伐木丁丁,鸟鸣嘤嘤。出自幽谷,迁于乔木。"言朋友之义务,在切直以升于善道者也。……是以君子慎取友也。孔子曰:"居而得贤友,福之次也。"

夫贤者,言足听,貌足象,行足法,加乎善奖人之美,而好摄人之过,其不隐也如影,其不讳也如响。故我之惮之,若严君在堂而神明处室矣,虽欲为不善,其敢乎?故求益者之居游也,必近所畏而远所易。《诗》云④:"无弃尔辅,员于尔辐⑤。屡顾尔仆,不输尔载。"亲贤求助之谓也。

【翻译】

事情没有比有验证更值得宝贵的,言论没有比无证明更应当抛弃的。言论没有好处,不说出来,就不会有什么损害。水的冰冷、水的灼热、金属岩石的坚硬,它们并没有说什么,人们却没有不知道的,原因就在于它们已把冷、热、坚硬的性状令人可信地包含在形体之中了。

---

① 子都:古代美男子名。 ② 尧舜:《太平御览》卷八一引作"舜禹",从上文言及"帝舜屡省,禹拜昌言"看,似以《御览》为是。 ③《诗》:此指《诗经·小雅·伐木》。 ④《诗》:此指《诗经·小雅·正月》。 ⑤ 员(yún 云):增加,扩大。

假如我所推行的诚信能像这几样东西，又有谁会怀疑我呢？如今不使自己的言行诚实不欺，而埋怨人家不相信我，就好比是让人捕捉妖魅鬼怪而埋怨人家抓不到，也太迷惑了吧！孔子说："想让人家相信自己，那就不要说，而是要专心致志地去实行。"专心致志地去实行，效用就会越来越久远；效用越来越久远，事业就会显明昭著；事业显明昭著，有眼睛的人就没有看不见的，有耳朵的人就没有听不到的，这难道是可以欺骗的吗？所以，树根扎得深，它的枝叶就繁茂；善行恒久，他的美名就会久远。《周易》说："持之以恒，举行享祀。没有灾祸，举事有利。"说的就是要持之以恒地贯彻他的道行。伊尹放逐太甲，展禽覆盖寒女，殷商、鲁国的民众不说他们篡权、淫乱，这是为什么呢？就是因为他们平素已积累美德了。因此，染料不积累，人们就不能看到它的颜色；善行不积累，人们就不会相信他所做的事情。子思说："同样的话语，不相信我而相信他，那么他的信用已行在话语之前了；同样的命令，不执行我的而执行他的，那么他的诚信已传在命令之外了。……

谁会说华山、泰山不高峻，谁会说长江、汉水不长远？君子修治道德，也是使它高峻而且长远，又害怕什么呢？所以，要求自己而不向人请求，并不是自己看重自己，而是发现自己拥有可供修德的条件很多罢了。子思说："事情是自己命名的，声音是自己发出的，容貌是自己矜夸的，事物是自己处理的，人身是自己管理的，没有什么不是自己的。"因此，埋怨他人的叫做壅，责备自己的叫做通。通达的就知道后悔，壅塞的却沿习错误。沿习错误，父母亲人都会抛弃他；知道后悔，疏远之人也来归附他。疏远之人归附，就可确保长久平安快乐；父母亲人抛弃，就难免经常危险恐惧。自古及今，没有不这样的。商纣王贵为天子而被称为"独夫"，孔子身为匹夫而被誉为"素王"，都属于这种情况。所以，善于钓鱼的人无需再次抛甩钓竿而能得鱼，君子不必从坐席上下来就能追随根本的道理，修炼在八尺身躯之中，而德行教化已昭明盛大。古人这样唱道："见那玄鸟，落在山坡上。仁道就在近旁，不用远处求访。"

人心没有不讨厌议论诽谤的，却终究免不了被人议论诽谤，这是什么原因呢？并不是吝惜智力而不去制止，而是制止的方法不对头。议论诽谤这东西，你越是逃避，它却越是来到；你越是推拒，它却越是要降临；你越是辩解，它却越来越多。明白这个道理，那么君子就不屑去这样做了；不明白这个道理，那么小人就不可能有所得了。虞舜多次反省，大禹拜受善言，这都是明白这个道理的；周厉王蒙受耻辱，吴起刺杀谤者，这都是不明白这个道理的。这些人都记载在从前的书策上，画其形而绘其图，有的为后世所效法，有的则为后世所鉴戒，怎么可以不谨慎呢？

曾子说："别人说我好，我唯恐它传扬出去；有人说我不好，又害怕他经过时会看到我鄙薄的神态。"所以，君子改正过失，不只是修饰他的言辞，而是确实发自内心而表现于容貌。他深深地喜爱人们为他指出过错，他能迅速地改正存在的缺点，就像是追逐野兔，唯恐赶不上。因此，君子有不断上进的事业而没有退步的事工。《诗经》说："相彼脊令，载飞载鸣。我日斯迈，而月斯征。"说的就是要坚持不懈地学习他人的长处。听说了自己的过错而不改正，叫做丧心；想到了自己的过错而不改正，叫做失体。失体、丧心的人，是祸患动乱降临的对象，君子是不会这么做的。

《周书》里有这样的话："人不要以水为镜子，而要以人为镜子。"镜子，可以察看形体；言语，可以了解品德。小人以他的面容比不上子都而感到耻辱，君子则以他的德行比不上尧、舜而感到耻辱。所以，小人看重明亮的镜子，君子则崇尚至理名言。至理名言，不是贤明的朋友就无从取得，因此，君子一定寻求贤明的朋友。《诗经》说："伐木丁丁，鸟鸣嘤嘤。出自幽谷，迁于乔木。"说的是朋友的义务在于切磋相正以共同进入正道。……所以，君子谨慎地选择朋友。孔子说："人生在世而获得贤明的朋友，这是仅次于得福的喜事。”

那些贤明的人，言论值得听从，容貌值得模仿，行为值得效法，再加上善于赞美他人的优点，喜爱总结他人的过错，他们不遮掩他人美德的秉性像影子相随不可分离，不避讳他人缺点的本质似声音发出难以收回。所以，我畏惧他，就像是庄严的君王坐在大堂上，而无所不知的神只处在房屋中，即使想做恶事，难道还敢吗？因此，要求上进的人居处游玩，一定要与他所畏惧的人在一起而远离平易和悦的人。《诗经》说：“无弃尔辅，员于尔辐。屡顾尔仆，不输尔载。”说的就是要亲近贤明的人以获得帮助。

贵　言

《贵言》一篇，系统反映了徐幹的言论观。他认为，言为心声，言以述志，可为智者道而难对俗人言，所以君子必须珍视自己的言论，切不可轻易妄言。不然，非但思想会被人轻视，教化会被荒废，即便是自己的身体也会被人看轻而忍污受辱。

作者认为，君子与人谈论，首先要选择对象。礼恭、辞顺、色从者，方可与言；争强好胜之徒，则不可与言；得遇知己，方可同他谈论至理伟业；不遇其人，则应慎言守志，不要枉费口舌，劳心伤神。非要同俗人谈论不可，也应各以其方，适其性情、达其知虑而已，而不要指望他们会领会高明的思想、接受圣哲的道业。

其次，要注重谈论的方法。要有广博的知识，要有细致的开导，要循循善诱，因势利导，要疾而勿迫，徐而勿失，杂而勿结，放而勿逸，使他心领神会，自有所得。

君子必贵其言。贵其言，则尊其身；尊其身，则重其道；重其道，所以立其教。言费则身贱，身贱则道轻，道轻则教废。故君子非其人则费与之言，若与之言，必以其方：农夫则以稼穑，百工则以技巧，商贾则以贵贱，府史则以官守①，大夫及士则以法制，儒生则以学业。故《易》曰②："艮其辅③，言有序。"不失事中之谓也。

若夫父慈子孝、姑爱妇顺、兄友弟恭、夫敬妻听、朋友必信、师长必教，有司日月虑知乎州闾矣④，虽庸人则亦循循然与之言此可也，过此而往，则不可也。故君子之与人言也，使辞足以达其知虑之所至⑤，事足以合其性情之所安，弗过其任而强牵制也。苟过其任而强牵制，则将昏瞀委滞而遂疑君子，以为欺我也。不则曰"无闻

① 府史：古时管理财货文书出纳的小吏。 ②《易》：此指《周易·艮卦》。 ③ 艮：顾，看视。辅：通"酺"，脸颊。 ④ 虑：通"摅（shū 书）"，散布，播传。知：衍文。 ⑤ 知：通"智"。

知矣”。非故也，明偏而示之以幽，弗能照也；听寡而告之以微，弗能察也。……故孔子曰①：“可与言而不与之言，失人；不可与言而与之言，失言。知者不失人，亦不失言。”

夫君子之于言也，所致贵也②，虽有夏后之璜③、商汤之驷，弗与易也。今以施诸俗士，以为志诬而弗贵听也，不亦辱己而伤道乎④？是以君子将与人语大本之源而谈性义之极者⑤，必先度其心志，本其器量，视其锐气，察其堕衰，然后唱焉以观其和，导焉以观其随。随和之征发乎音声，形乎视听，著乎颜色，动乎身体，然后可以发迩而步远⑥，功察而治微⑦，于是乎闿张以致之⑧，因来以进之，审谕以明之，杂称以广之，立准以正之，疏烦以理之，疾而勿迫，徐而勿失，杂而勿结，放而勿逸，欲其自得之也。故大禹善治水，而君子善导人。导人必因其性，治水必因其势，是以功无败而言无弃也。荀卿曰⑨：

---

① 语见《论语·卫灵公》。 ② 致：通“至”。 ③ 璜（huáng黄）：半璧为璜。古代贵族朝聘、祭祀、丧葬、征召的礼器。④ 道：指存在于自然与社会间的根本道理。 ⑤ 大本：犹言大道。 ⑥ 迩（ěr 尔）：近处。 ⑦“功察”句：此句费解，疑有误。⑧ 闿（kǎi 凯）张：开张，扩展。 ⑨ 荀卿：即荀子（前 313？—前 238），名况，战国赵人。学者尊之，称为荀卿。传世的《荀子》一书，基本上反映了其思想主张。

"礼恭然后可与言道之方,辞顺然后可与言道之理,色从然后可与言道之致","有争气者,勿与辨也①。"孔子曰:"惟君子然后能贵其言,贵其色,小人能乎哉?"仲尼、荀卿先后知之。

问者曰:"或有周乎上哲之至论,通乎大圣之洪业,而好与俗士辨者,何也?"

曰:"以俗士为必能识之故也。"

"何以验之?"

"使彼有金石丝竹之乐,则不奏乎聋者之侧,有山龙华虫之文,则不陈乎瞽者之前。知聋者之不闻也,知瞽者之不见也。于己之心分数明白②,至与俗士而独不然者,知分数者不明也。"

"不明之故何也?"

"夫俗士之牵达人也,犹鹑鸟之欺孺子也。鹑鸟之性善近人,飞不峻也,不速也,蹲蹲然似若将可获也③,卒至乎不可获,是孺子之所以䠅膝踠足而不以为弊也④。俗士之与达人言也,受之虽不肯,拒之则无说,然而有赞焉,有和焉,若将可寤⑤,卒至乎不可寤,是达人之所以干

① "礼恭"五句:语见《荀子·劝学》。三"然"字今并作"而","辨"字今作"辩",两字通用。 ② 分数:指对事理认识的程度。 ③ 蹲蹲(cún 存)然:缓慢往复的样子。 ④ 䠅(kǔn 捆):磕碰。踠(wò 沃):同"踒",扭折,跌伤。 ⑤ 寤:通"悟"。

唇竭声而不舍也。斯人也，固达是蔽者也，非达之达者也。虽能言之，犹夫俗士而已矣。

“非唯言也，行亦如之。得其所则尊荣，失其所则贱辱。昔仓梧丙娶妻美①，而以与其兄，欲以为让也，则不如无让焉；尾生与妇人期于水边②，水暴至，不去而死，欲以为信也，则不如无信焉；叶公之党③，其父攘羊而子证之，欲以为直也，则不如无直焉；陈仲子不食母兄之食④，出居於陵⑤，欲以为洁也，则不如无洁焉；宗鲁受齐豹之谋⑥，死孟絷之难⑦，欲以为义也，则不如无义焉。故凡道，蹈之既难，错之益不易。是以君子慎诸己以为往鉴焉。”

---

① 仓梧丙(nào 闹)：孔子时人，事见《孔子家语》等。丙："闹"的本字，原讹作"丙"，据清孙诒让《札迻》卷十改正。《孔子家语·六本》作"娆"，《淮南子·氾论》作"绕"，并音近相通。 ② 尾生：战国时鲁人，事见《庄子·盗跖》等书。 ③ 叶(shè 涉)公：楚国叶地长官，名沈诸梁，事见《论语·子路》。 ④ 陈仲子：战国齐人，事见《孟子·滕文公下》等书。 ⑤ 於陵：地在今山东邹平。 ⑥ 宗鲁、齐豹：春秋卫人。齐豹把宗鲁推荐给公孟絷为骖参，后公孟絷轻侮齐豹，又讨厌北宫喜等，故齐豹等作乱。将作乱时，齐豹告诉了宗鲁，让他不要跟公孟絷出车以免于难，宗鲁匿其谋而仍为公孟絷骖乘，乱作而与之俱死。事见《左传·昭公二十年》。 ⑦ 孟絷：卫灵公之兄公孟絷。

【翻译】

君子必须珍视自己的言论。珍视自己的言论，那么别人就会敬重你本身；敬重你本身，才会看重你的思想；看重你的思想，才能够推行你的教化。言论耗费，本身就卑贱；本身卑贱，思想就轻微；思想轻微，教化就荒废。所以，君子若不是遇上合适的人就不同他说话，如果同他说话，也一定要用合适的内容：农夫就同他谈论庄稼的耕种收获，各种工匠就同他谈论工作的艺能技术，商人贩夫就与他谈论商品的贵贱之道，府史就与他谈论居官守职，大夫、士就同他谈论国家法制，读书人就同他谈论学问之事。所以《周易》说："回想一下自己的脸颊，要想避免批颊之辱，就不要妄言。"说的就是要不失偏颇、持中守正。

至于父亲仁慈、儿子孝顺，婆婆慈爱、儿媳敬顺，兄长友好、弟弟恭谨，丈夫爱敬、妻子听随，朋友一定诚信，师长一定教诲，有关部门已经每天每月在乡里散布传播了，那么即使是普通的人也可以有条不紊地同他谈论这些了。除了这些，那就不行了。所以君子与人说话，使所说的文辞足以表达对方的才智所能达到的程度，把事情办到足以适合对方的性情所能安心的地步，而不超过对方的能力而勉强受牵制。假如超过了对方的能力所及而勉强受牵制，那么对方就要迷惘困惑、积滞不解从而怀疑君子用这些来欺骗他了，要不就说“没有听说过”。并不是他故意要这样，所见偏颇而让他看幽隐深邃的东西，是不能明白的；所闻稀少而告诉他精微奥妙的道理，是不能理解的。……所以孔子说：“可以同他谈却不同他谈，这是错过人才；不可以同他谈却同他谈，这是浪费言语。聪明的人既不错过人才，也不浪费言语。”

对于君子而言，言语是最为贵重的东西，即使有大禹的璜璧、商汤的驷马，也不与他交换。如今用来说给凡夫俗子听，他们却认为你想欺骗他们而不以听到君子之言为可贵，这岂不是污辱了自己而且有害于大道的传播吗？所以，君子将要告诉别人大道的来源，谈论情性道理的极致的时候，首先必须揣度他的志向，了解他的器量，看看他的锐气，考察他的衰朽情况，然后歌唱以观察他的应和，引导以观察他的追随。追随、应和的表征表现于音声，体现于视听，显露于脸色，行动于身体，然后可以从近处启发而渐引向远处。……于是拓宽眼界以招致他，顺应来路以促进他，详细开导以晓谕他，繁复内容以增广他，设立标准以整饬他，疏通烦乱以条理他；迅疾而不急迫，舒缓而不放失，繁杂而不郁结，放纵而不奔逸，目的就是想让他自己有所收获。所以大禹善于治水，而君子善于引导人。引导人必须根据对方的本性，治理水必须根据它的地势，因此事业不会失败，而言论没有废弃。荀子说："礼貌恭敬然后可以同他谈论修治道德的方法，言辞通畅然后可以同他谈论道德的义理，面色顺从然后可以同他谈论道德的极致"，"争强好胜的人，不要同他论辩"。孔子说："只有君子才能够珍视人们的言论，看重人们的面色。小人能够做到吗？"孔子、荀子一先一后都知道这个道理。

有人问道："有的人遍知圣明哲人的高明理论，通晓伟大圣人的宏伟事业，却喜欢与凡俗之人争辩，这是什么原因呢？"

回答说："这是因为他们自认为那些凡俗之人一定能够认识其中道理的缘故。"

"何以见得呢？"

"假如他有金石丝竹的美妙音乐，那么肯定不会在聋子的旁边演奏；假如他有山龙花虫的华美花纹，那么肯定不会在瞎子的面前陈列。因为他知道耳聋的人听不到，眼瞎的人看不见。在自己的心里对事理的认识明白，对于凡俗之人却不能使其明白，究其原因，还是明白事理的人未能真正明白。"

"不明白的原因是什么呢？"

"凡俗之人牵制明达之士，就好像鹌鹑鸟欺骗儿童。鹌鹑的本性喜爱接近人，飞得不高，也不快，缓慢往复好像可以捕取，却终究捉不到，这就是儿童之所以磕破膝盖、扭伤脚脖而不觉疲困的原因。凡俗之人与明达之士谈论，虽然不肯接受，拒绝又说不出道理，然而有时赞许，有时附和，好像可以晓悟，却终究不可晓悟，这就是明达之士嘴唇干燥、声音嘶哑而不肯舍弃的原因。其实，这样的明达之人，本来就是明达者中的壅塞者，而不是明达者中的明达者，尽管能说会道，也还是像那些凡俗之人而已。

“不但言论这样，行为也是这样。适得其所就尊贵荣华，不得其所就低贱受辱。从前仓梧丙娶的妻子很美丽，却把他让给了哥哥，想以此表明自己的谦让，那么还不如不谦让的好；尾生与一女子约好在河边相会，洪水突然来到，不肯离开河边而被淹死，想以此表明自己讲信用，那么还不如不讲信用的好；叶公那里有一个人，他的父亲偷了人家的羊，而他的儿子告发了他，想以此表明自己的正直坦率，那么还不如不正直坦率的好；陈仲子不吃母亲兄长的俸禄，离家居住在於陵，想以此表明自己的廉洁，那么还不如不廉洁的好；宗鲁接受了齐豹的阴谋，而归死孟縶之难，想以此表明自己的节义，那么还不如没有节义的好。所以，道德这东西，实行它很难，攻治它更不容易。因此，君子要谨慎自守，以往事为借鉴。”

核　辩

什么是真正的辩论？辩论的目的又是什么？一个品德高尚的人，一个君子，该如何去辩论？《核辩》一篇回答了上述问题。

作者认为，"辩"就是"别"的意思，辩以辨理，而不是辨于词，所以真正的辩论，关键在于一个"理"字，要以理服人，务使心悦诚服，而不能倚仗伶牙俐齿，用花言巧语迷惑人心。

作者认为，小人的所谓辩论，不管是非的本性，不知曲直的道理，只知用如簧之舌争奇较胜。君子则不然。君子辩论的目的，在于阐明宏大的道理，所以，言辞简约含蓄，语调快慢适中，乐于听取他人的意见，善于体会他人的思想，遇到他人正确的见解就不再固执己见，而及时中止辩论。

俗士之所谓辩者[①]非辩也。非辩而谓之辩者，盖闻辩之名，而不知辩之实，故目之妄也。俗之所谓辩者，利口者也。彼利口者，苟美其声气，繁其辞令，如激风之至，如暴雨之集，不论是非之性，不识曲直之理，期于不穷，务于必胜，以故浅识而好奇者见其如此也，固以为辩，不知木讷而达道者虽口屈而心不服也[②]。

夫辩者，求服人心也，非屈人口也。故辩之为言别也，为其善分别事类而明处之也，非谓言辞切给而以陵盖人也[③]。故《传》称《春秋》"微而显，婉而辩"者[④]，然则辩之言必约，以至不烦而谕，疾徐应节，不犯礼教，足以相称，乐尽人之辞，善致人之志，使论者各尽得其愿，而与之得解。其称也，无其名；其理也，不独显。若此而可谓辩。

故言有拙而辩者焉，有巧而不辩者焉。君子之辩也，欲以明大道之中也，是岂取一坐之胜哉？人心之于

---

① 辩：辩论，有口才。 ② 木讷（nè 呢去声）：语言迟钝，不善讲话。屈（jué 绝）：穷尽。 ③ 切给：指言语迫急而便捷。陵盖：超越的意思。陵，通"凌"。 ④《传》：此指《左传》，语见《昭公三十一年》。辩：《左传》作"辨"。

是非也，如口于味也。口者，非以己之调膳则独美，而与人之调膳则不美也。故君子之于道也，在彼犹在己也，苟得其中，则我心悦焉，何择于彼？苟失其中，则我心不悦焉，何取于此？故其论也，遇人之是则止矣。遇人之是而犹不止，苟言苟辩，则小人也，虽美说，何异乎䴗之好鸣、铎之喧哗哉①？故孔子曰："小人毁訾以为辩②，绞急以为智，不逊以为勇。"斯乃圣人所恶，而小人以为美，岂不哀哉？

夫利口之所以得行乎世也，盖有由也。且利口者，心足以见小数，言足以尽巧辞，给足以应切问，难足以断俗疑，然而好说而不倦，谍谍如也③。夫类族辩物之士者寡④，而愚阍不达之人者多，孰知其非乎？此其所无用而不见废也，至贱而不见遗也。

先王之法：折言、破律、乱名、改作者，杀之；行僻而坚，言伪而辩，记丑而博，顺非而泽者，亦杀之。为其疑众、惑民而溃乱至道也。孔子曰⑤："巧言乱德。"恶似而非者也。

---

① 䴗(jú局)：鹈鴂，又名子规、杜鹃等。铎，古乐器，形似大铃，用以警众。 ② 毁訾(zǐ紫)：诋毁，诽谤。 ③ 谍谍(dié迭)：通"喋喋"，罗唆，语言烦琐。 ④ 辩：通"辨"。 ⑤ 语见《论语·卫灵公》。

【翻译】

凡夫俗子所说的辩论，不是真正的辩论。不是真正的辩论而称之为辩论，那是因为他们只听说了辩论的名称，却不知道辩论的实质，所以叫做荒诞。凡夫俗子所说的辩论，只不过是能言善道罢了。那些花言巧语的人，如果美化他们的声音气息，增美他们的语言文辞，像狂风来到，似暴雨降临，不管是非的性质，不知曲直的道理，只寄希望于言辞的滔滔不绝，致力于论争的必定胜利，因此，那些识见短浅而又探奇好胜的人，看到这种局面，当然会以为这就是所谓的辩论了，却不知道那些虽质朴、不善言辞而通晓大道的人，尽管言辞似乎穷尽，他们的内心却并未折服的。

真正的辩论，目的在于折服他人的内心，而不在于折服他人的口舌，所以，所谓"辩"，说的是"别"的意思，因为他们善于按事分别类目，而且知道该如何处置，而不是说言辞急迫便捷以凌越他人。所以《左传》说《春秋》这部书是"言辞微隐而意义显豁，婉顺相似而旨意有别"。这么说来，辩论的言辞一定要简约概括，从而达到不烦琐而意思显明；说话的语调快慢要符合节奏，不触犯礼仪教化，要使言辞腔调与旨意相称吻合；要乐于倾听他人的言论，善于表达他人的思想，使论辩的人都能够满足各自的心愿，却又能给人以合理的解释。它的称谓没有特殊的名称，而他的道理却已不单是自己得以显示。做到这一步，就可以称得上是真正的辩论了。

所以说有言辞拙笨而真正会辩论的人，也有巧嘴利舌而不会辩论的人。君子的辩论，目的在于阐明宏大的道理，这岂能只是为了取得在座各人间的胜利？人们的心灵对于是非曲直，就像是人们的嘴对于味道。嘴不会因为是为自己所做的饭菜就偏偏好吃，而为他人所做的就不好吃。所以，君子对于"道"的看法是，在别人那里就好像在自己这里一样，假如得到了公正不偏的解释，那么我的内心就会愉悦，还要向他人选取什么呢？因此，君子的论辩，遇到他人的中正不偏的观点就停止不争了。如果遇到他人中正不偏的观点还争论不休，随便乱说、草率论辩，那就是小人。尽管说得很好听，与杜鹃鸟的爱叫唤、铎铃的喧哗又有什么两样呢？所以孔子说："小人把诋毁诽谤当作辩论，把言辞急切当作聪明，把毫不谦虚当作勇敢。"这是圣人所厌恶的品行，小人却把它们作为美德，难道不可悲吗？

那些花言巧语的人之所以能够行之于世，也是有原因的。何况花言巧语的人，他们的心智足以发现小小的技能，言语足以穷尽巧妙的文辞，敏捷足以应付急迫的发问，诘难足以决断俗人的疑虑，但是他们好说而不厌倦，絮絮叨叨，无休无止。由于同类相聚而明辨事物的人很少，而愚昧无知不明事理的人很多，又有谁能知道他们的不对呢？这就是他们虽然没有用处却还不被废除，最没出息而又不被遗弃的原因。

从前的帝王的法律：凡是败毁言语、破坏法律、扰乱名教、交更礼法的人，要杀掉他；行为乖僻而固执不化、言语虚伪而伶牙俐齿、专记丑恶事物而博闻强记、遵循错误还加以修饰渲染的人，也要杀掉他。就是因为他们的言行举动使民众百姓产生疑问、迷惑从而破坏、淆乱最根本的道理。孔子说："花言巧语败坏道德。"说的就是厌恶花言巧语、似是而非、混乱人们的视听的人。

爵 禄

《爵禄》一篇，系统全面地反映了徐幹的富贵观。他认为，古代设置爵位是用来安排有德行的人，规定俸禄是用来奉养有功劳的人，所以，古代的君子看重爵禄。在国家政治清明的时候，爵高禄厚是无比光荣的事。后来由于国家政治黑暗，序爵班禄不根据德行、功劳，小人得意，而仁贤失志，所以后世的君子由鄙视其人进而鄙薄爵禄。在国家政治黑暗的时候，爵高禄厚是无比耻辱的。

作者认为，君子看重职位和权势，是因为职位是建德立业的基础，权势是推行仁政的关键。君子只有取得崇高的地位和握有权势，才能够充分贯彻他的思想，推行他的教化，才能够兼善天下，使万民受福。

然而，君子追求爵禄有一定的道行。虽然具备道行，能否取得还要取决于命运。所以，君子最担心的是生不逢时，像孔子、颜渊等人，怀才拥德却不被重用，就是命运不济，令人可叹！

或问："古之君子，贵爵禄欤？"

曰："然。"

"诸子之书称'爵禄非贵也，资财非富也'，何谓乎？"

曰："彼遭世之乱，见小人富贵而有是言，非古也。古之制爵禄也，爵以居有德，禄以养有功。功大者其禄厚①，德远者其爵尊，功小者其禄薄，德近者其爵卑。是故观其爵，则别其人之德也；见其禄，则知其人之功也，不待问之。古之君子贵爵禄者，盖以此也，非以黼黻华乎其身②，刍豢之适于其口也③，非以美色悦乎其目，钟鼓之乐乎其耳也。孔子曰④：'邦有道，贫且贱焉，耻也。'

---

① "功大"二句：两"其"字原阙，据《群书治要》及文例补。 ② 黼黻（fǔ fú 俯伏）：古代礼服上绘绣的花纹。 ③ 刍豢（huàn 焕）：食草的牲畜，泛指牛羊猪狗等。 ④ 语见《论语·泰伯》。

明王在上，序爵班禄而不以逮也，君子以为至羞，何贱之有乎？

“先王将建诸侯而锡爵禄也[①]，必于清庙之中陈金石之乐、锡宴之礼，宗人摈相、内史作策也[②]。其《颂》曰[③]：‘文王既勤止，我应受之。敷时绎思，我徂维求定，时周之命，于绎思[④]。’由此观之，爵禄者，先王之所重也，非所轻也。故《书》曰[⑤]：‘无旷庶官，天工，人其代之。’

“爵禄之贱也，由处之者不宜也，贱其人，斯贱其位矣；其贵也，由处之者宜之也，贵其人，斯贵其位矣。《诗》云[⑥]：‘君子至止，黻衣绣裳。佩玉锵锵，寿考不忘。’黻衣绣裳，君子之所服也，爱其德，故美其服也。暴乱之君子[⑦]，非无此服也，而民弗美也。位亦如之。

“昔周公相王室以君天下，圣德昭闻，王勋弘大，成王封以少昊之墟[⑧]，地方七百里，锡之山川、土田、附庸、

---

① 锡：通“赐”。 ② 宗人：官名，掌宗庙、谱牒、祭祀等事。摈相：同傧相。傧，迎宾。相，赞礼。内史：官名，协助天子管理爵禄、废置等政务。 ③《颂》：此指《诗经·周颂·赉》。 ④“文王”六句：大意乃歌颂周文王、武王的功绩而言其大封功臣之意。 ⑤《书》：此指《尚书·皋陶谟》。 ⑥《诗》：此指《诗经·秦风·终南》。 ⑦“子”字为衍文。 ⑧ 少昊：字亦作“少皞”，传说中古代东夷集团首领，名挚，号金天氏，都曲阜。

备物、典策、官司、彝器、龙旗、九旒①，祀帝于郊；太公亮武王克商宁乱②，王封之爽鸠氏之墟③，东至于海，西至于河，南至于穆陵，北至于无棣④，五侯九伯，汝实征之，世祚太师⑤，抚宁东夏。当此之时，孰谓富贵不为荣宠者乎？自是厥后，文武之教衰，黜陟之道废，诸侯僭恣⑥，大夫世位，爵人不以德，禄人不以功，窃国而贵者有之，窃地而富者有之，奸邪得愿，仁贤失志，于是则以富贵相诟病矣。故孔子曰⑦：'邦无道，富且贵焉，耻也。'然则富贵、美恶，存乎其世也。

"《易》曰⑧：'圣人之大宝曰位。'何以为圣人之大宝曰位？位也者，立德之机也；势也者，行义之杼也。圣人蹈机握杼，织成天地之化，使万物顺焉，人伦正焉，六合之内，各竞其愿，其为大宝，不亦宜乎？故圣人以无势位为穷，百工以无器用为困；困则其资亡，穷则其道废。故

---

① 彝(yí 仪)器：宗庙祭祀的常用礼器。龙旗：帝王仪卫用的绘有交龙图纹的旌旗。九旒：帝王仪卫用的有九条丝织垂饰的旌旗。 ② 亮：辅助。 ③ 爽鸠氏：传说为少昊时主刑狱盗贼的官员，封临淄。 ④ "东至"四句：指周召康公赐予姜太公吕尚可以征伐五侯九伯的区域范围。穆陵，今湖北麻城穆陵关。无棣，今河北卢龙一带。 ⑤ 祚：通"胙"，赐与，酬劳。太师：三公之最尊贵者，辅助国君处理国家大事。 ⑥ 僭(jiàn 建)恣：超越本分，恣意妄为。 ⑦ 语见《论语·泰伯》。 ⑧《易》：此指《周易·系辞下》。

孔子栖栖而不居者，盖忧道废故也。《易》曰[1]：'井渫不食[2]，为我心恻，可用汲，王明，并受其福。'

"夫登高而建旌，则其所视者广矣[3]；顺风而振铎，则其所闻者远矣。非旌色之益明，铎声之益远也，所托者然也。况居富贵之地而行其政令者也？故舜为匹夫，犹民也，及其受终于文祖[4]，称曰'予一人'，则西王母来献白环[5]；周公之为诸侯，犹臣也，及其践明堂之祚[6]，负斧扆而立[7]，则越裳氏来献白雉[8]。故身不尊，则施不光[9]；居不高，则化不博。《易》曰[10]：'丰。亨。无咎[11]。王假之[12]，勿忧，宜日中。'身尊居高之谓也。

"斯事也，圣人之所务也。虽然，求之有道，得之有命。舜、禹、孔子，可谓求之有道矣；舜、禹得之，孔子不得之，可谓有命矣。非惟圣人，贤者亦然。稷、契、伯益、

---

[1]《易》：此指《周易·井卦》。 [2] 渫(xiè 谢)：清除污秽。 [3] 视：通"示"。 [4] 文祖：尧时五府之一，犹周之明堂。 [5] 西王母：神话传说中的西方女神。 [6] 明堂：古代帝王举行朝会、祭祀、庆赏、选士等大典的地方。祚(zuò 作)：通"阼"，王位前的台阶。 [7] 斧扆(yǐ 以)：以绛为质，高八尺，东西当户牖之间、绣有斧文的屏风。 [8] 越裳氏：古南海国名。其事参见《后汉书·南蛮西南夷列传》。 [9] 光：通"广"。 [10]《易》：此指《周易·丰卦》。 [11] 无咎：二字今《周易·丰卦》无。 [12] 假(gé 格)：通"格"，至，到达。

伊尹、傅说①，得之者也；颜渊、闵子骞、冉耕、仲弓②，不得者也。故良农不患疆埸之不修③，而患风雨之不节；君子不患道德之不建，而患时世之不遇。《诗》曰④：'驾彼四牡，四牡项领⑤。我瞻四方，蹙蹙靡所骋⑥。'伤道之不遇也。岂一世哉？岂一世哉？"

【翻译】

有人问道："古代的君子，看重爵位和俸禄吗？"

回答说："是的。"

"诸子的书中说'爵位和俸禄不足贵重，资金和财货不算富有'，指的是什么呢？"

回答说："他们遭遇世道的混乱，看见小人荣华富贵而说这样的话，不是指古代的情形。古代设置爵位、规定俸禄的时候，爵位用来安排有德行的人，俸禄用来奉

---

① 稷：后稷，名弃，周的先祖，传说为舜农官，受封于邰。契（xiè 泄）：传说为商始祖帝喾的儿子，助禹治水有功，任为司徒。伯益：传说舜时东夷部落首领，助禹治水有功，禹要让位给他，不受，避居箕山之北。傅说（yuè 悦）：殷相，助武丁使殷出现中兴局面。 ②"颜渊"四人：孔子七十二弟子中德行卓著的四位高徒。 ③ 疆埸（yì 易）：田界。 ④《诗》：此指《诗经·小雅·节南山》。 ⑤ 项领：脖子粗壮肥大。 ⑥ 蹙蹙（cù 促）：局促，不舒展。

养有功劳的人。功劳大的人，他的俸禄就丰厚，品德高尚的人，他的爵位就尊贵；功劳小的人，他的俸禄就微少，品德低下的人，他的爵位就卑贱。因此，看他的爵位，就可以了解他的品德；看他的俸禄，就可以知道他的功劳，不需要再问就可明白。古代的君子看重爵位和俸禄，原因也就在于此，而不是因为礼服上绘绣的花纹图案可以美化他的身体，牛羊猪狗之肉适合他的口味，也不是因为美丽的色彩愉悦他的眼睛，钟鼓之音愉悦他的耳朵。孔子说：'国家政治清明，自己贫穷又低贱，这是耻辱。'贤明的君王在位执政，按等次授予爵位、颁发俸禄而没有自己的一份，这是君子认为最羞耻的事。哪里有以爵位和俸禄为低贱的事呢？

"从前的君王将要封建诸侯、赏赐爵位和俸禄的时候，一定要在肃穆清静的宗庙里陈列上庄严的音乐，摆上隆重的宴礼，由宗人迎接礼赞，命内史制作策命。《周颂》说：'文王既已辛劳地创立基业，我自当受而有之。广布此文王德泽继续不断啊，我从此以往唯求安定。诸侯承周之大命，德泽永继不断啊！'由此看来，爵位和俸禄，是从前的君王所爱惜看重的，而不是他们所轻视的。所以，《尚书》说：'在各种职位中，都不要任用那些不称其职的人，因为所有的官职都是上帝设立的，怎么可以让那些不称其职、无所作为的人来代替上帝行事呢？'

“爵位和俸禄的被人轻贱，是由身处其位的人不称职造成的，看不起他的人格，也就看不起他的职位了；爵位和俸禄被人看重，是由身处其位的人称职造成的，看重他的人品，也就看重他的职位了。《诗经》说：‘君子来到了，身着黼黻绣花的下裳。佩玉响叮当，到老也不衰亡。’黻衣绣裳，是君子所穿的礼服。喜爱他的美德，所以才赞美他的服装。暴虐逆乱的君王，并不是没有这样的礼服，人们却不以为美。职位也是如此。

“从前周公辅弼王室以君临天下，圣德昭彰，功业弘大，成王把少昊氏的故城分封给他，方圆七百里，赏赐给他高山、大川、美土、良田、附庸小国、服用器物、典籍图册、百官、彝器、龙旗、九旒，赏赐给他郊祀上帝的特权；姜太公吕尚辅助武王、攻克殷商、安定混乱，武王把爽鸠氏的故城分封给他，东边到大海，西边到黄河，南边至穆陵，北边至无棣，五侯九伯，都可以去征伐，世世代代袭封太师之位，安定中国的东部地区。在那个时候，又有谁会说富贵不是荣光恩宠呢？从那以后，文王、武王的教化衰颓了，爵禄升降的原则废弃了，诸侯超越常礼、恣行无忌，大夫的爵位世代相传，颁封爵位不根据德行，赏赐俸禄不依凭功劳，有窃权盗国而尊贵的人，也有窃取土地而富有的人，奸诈邪恶的人获得了满足，仁义贤明的人却穷困潦倒，不得其志，于是就开始以荣华富贵为耻辱了。所以孔子说：‘国家政治黑暗，自己尊荣富贵，这是耻辱。’这么说来尊荣富贵、美好丑恶，都是并存于世的。

“《周易》说：‘圣人最大的法宝是职位。’为什么说圣人最大的法宝是职位呢？因为职位，是建立德业的基础；权势，是推行仁政的钤键。圣人脚踏基础，手握钤键，成就天地之间的盛大教化，使万物畅顺，人伦端正，天地四方之内，都能满足心愿。说职位是最大的法宝，不是很合适吗？所以，圣人以没有权势、地位为穷厄，各种工匠以没有工具为困窘。困窘，那么他的手艺就会消亡；穷厄，那么他的道行就要废弃。所以孔子忙忙碌碌四处奔波而不安处定居的原因，就是害怕他的道行会被废弃。《周易》说：‘水井除去了污泥秽物，已清澈纯净而不汲取饮用，我的内心非常悲哀；如果被汲取饮用，就好像是贤臣受到信任重用，那么君王就圣明，天下之人都可享受他的福分。’

“登上高处树立旌旗，那么广阔的地方都可以看见它；顺着风向摇动大铎，那么遥远的地方也可以听到它。并不是旌旗的颜色更加鲜明，也不是大铎的声音更加长远，而是它们所依凭的条件才使它们这样的。更何况处身尊荣富贵之地而执行政教命令的人呢？所以，虞舜作为一介匹夫的时候，就像是平民百姓，等到在文祖庙中继承唐尧，自称‘予一人’的时候，西王母都来贡献白色的玉环；周公作为普通诸侯的时候，就像一般的臣下，等到他登上明堂的台阶，背负斧扆辅佐成王南面而立的时候，越裳氏都来贡献白色的雉鸟。所以，身份不尊贵，施行就不广大；处位不高，教化就不广博。《周易》说：‘丰卦。享祀，没有灾祸，君王亲至其处，可以解祸得福，不须忧虑，应当在日中之时享祀。’说的就是身份尊贵、处身高位。

“身份尊贵，处身高位，这是圣人所致力的。尽管如此，追求它要有道行，得到它还要有命运。舜、禹、孔子，称得上是追求它而有道行的；舜、禹得到了，而孔子得不到，可以说是有命运了。不仅圣人如此，贤明的人也这样。稷、契、伯益、伊尹、傅说，是得到了的；颜渊、闵子骞、冉耕、仲弓，是没有得到的。所以，良农不忧田界不修整，而担心风不调雨不顺；君子不忧道德不建立，而担心生不逢时。《诗经》说：‘驾上那四匹公马，四匹公马肥壮高大。我四处瞻望，感到局促没有奔驰的方向。’就是伤感有道德而不遇其时。自古及今，这种事情很多，难道就一个时代这样吗？难道就一个时代这样吗？”

谴 交

《谴交》一文论述的是古今在结交朋友问题上的差异,并对当世滥于交游的不良社会风气提出批评。

作者认为,古代民众不务交游,是由于古代圣明的君王有一整套合理的施政措施,他们不以广交朋友教导官员,乡党荐贤也不以交游的多寡作为依据,所以广大民众致力于修德修业、忙于自身的事务,根本不会放下本职工作而胡思乱想。后世的民众倾心于交游,是因为国家政治的昏暗,国君不明是非,臣下不分黑白;录用士人不由乡党荐举,考察德行不根据功绩阅历;帮衬的人多就是贤才,帮衬的人少就是不肖；富贵可以通过门徒众多得到，名誉可以通过虚夸取得。所以大家才不惜放下本职工作，离别父母亲人，跋山涉水去广交朋友，以图仕进。

作者指出，古人的交游，乃是利用国事、公务、农作的闲暇时刻，访求志同道合的人，相互讲论的无非仁义之道，所以，古人所结交的是一些贤明的朋友。而今人的交游，却是放下国事、公务、农作而不管，访求的是能够互相吹嘘、互相抬举的人，相互谈论的都是名利之事，所以今人所结交的都是一些营己谋私、争名夺利的人。

民之好交游也，不及圣王之世乎？古之不交游也，将以自求乎？

昔圣王之治其民也，任之以九职[①]，纠之以八刑[②]，

① 九职：指三农（三种农业劳动）、园圃、虞衡（管理山区及水泽）、薮牧、百工、商贾、嫔妇、臣妾、闲民等九种职事。

② 八刑：传说中的八种刑罚，其义不详。

导之以五礼，训之以六乐，教之以三物①，习之以六容②，使民劳而不至于困，逸而不至于荒。当此之时，四海之内，进德修业，勤事而不暇，讵敢淫心舍力，作为非务以害休功者乎？自王公至于列士，莫不成正畏相，厥职有恭，不敢自暇自逸。故《春秋外传》曰③："天子大采朝日④，与三公、九卿祖识地德⑤；日中考政，与百官之政事，师尹维旅、牧、相宣序民事；少采夕月⑥，与太史、司载纠虔天刑；日入监九御，使洁奉禘，郊之粢盛⑦，而后即安。诸侯朝修天子之业命，昼考其国职，夕省其典刑，夜警其百工，使无慆淫，而后即安。卿大夫朝考其职，昼讲其庶政，夕序其业，夜庀其家事⑧，而后即安。士朝而受业，昼而讲贯，夕而习复，夜而计过无憾，而后即安。"正

---

① 三物：指六德、六行、六艺。六德谓知、仁、圣、义、忠、和六者，六行谓孝、友、睦、姻、任、恤六者，六艺谓礼、乐、射、御、书、数六者。 ② 六容：古代教民所习的六种事情。《逸周书·酆保》："六容：一游言；二行商工；三军旅之庸；四外风之所扬；五困失而亡，作事应时，时乃丧；六厚使以往，来其所藏。"容：容止，容貌举止。 ③《春秋外传》：此指《国语》，引文见《国语·鲁语下》。 ④ 大采：古代天子祭日时所穿的绘绣有青、黄、赤、白、黑五色花纹的礼服。 ⑤ 祖识：熟悉，认识。 ⑥ 少采：古代天子祭月时所穿的绘绣有朱、白、苍三色花纹的礼服。 ⑦"使"字原缺，据《国语·鲁语下》补。粢（zī 资）盛：祭品，指盛在祭器内的黍稷等。 ⑧ 庀（pǐ 匹）：治理，办理。

岁使有司令于官府曰："各修乃职，考乃法，备乃事，以听王命。其有不恭，则邦有大刑①。"由此观之，不务交游者，非政之恶也，心存于职业而不遑也。且先王之教官，既不以交游导民；而乡之考德，又不以交游举贤，是以不禁其民，而民自舍之。及周之衰，而交游兴矣。

问者曰："吾子著书，称君子之有交，求贤交也。今称交非古也，然则古之君子，无贤交欤？"

曰：异哉，子之不通于大伦也！若夫不出户庭，坐于空室之中，虽魑魅魍魉将不吾觌②，而况乎贤人乎？今子不察吾所谓交游之实而难其名。名有同而实异者矣，名有异而实同者矣。故君子于是伦也，务于其实而无讥其名。吾称古之不交游者，不谓向屋漏而居也③；今之好交游者，非谓长沐雨乎中路者也④。古之君子，因王事之闲，则奉贽以见其同僚及国中之贤者⑤，其于宴乐也，言仁义而不及名利。君子未命者，亦因农事之隙，奉贽以见其乡党同志。及夫古之贤者亦然。则何为其不获贤交哉？非有释王事、废交业、游远邦、旷年岁者也。故古之交也近，今之交也远；古之交也寡，今之交也众；古之

①"各修"六句：语见《周礼·天官·小宰》，而"备"作"待"、"恭"作"共"、"邦"作"国"。 ② 觌（dí 敌）：相见。 ③ 屋漏：指房子的西北角。 ④"非"字为衍文。 ⑤ 贽（zhì 至）：初见尊长者时所送的礼品。

交也为求贤，今之交也为名利而已矣。

古之立国也，有四民焉：执契修版图，奉圣王之法，治礼义之中，谓之士，竭力以尽地利谓之农夫；审曲直形势，饬五材以别民器谓之百工；通四方之珍异以资之谓之商旅①。各世其事，毋迁其业，少而习之，其心安之，则若性然，而功不休也。故其处之也，各从其族，不使相夺，所以一其耳目也。不勤乎四职者，谓之罢民②，役诸圜土。凡民出入行止、会聚饮食，皆有其节，不得怠荒以妨生务，以丽罪罚③，然则安有群行方外而专治交游者乎？是故五家为比，使之相保，比有长；五比为闾，使之相忧④，闾有胥；四闾为族，使之相葬，族有师；五族为党，使之相救，党有正；五党为州，使之相赒，州有长；五州为乡，使之相宾，乡有大夫。必有聪明慈惠之人，使各掌其乡之政教禁令。正月之吉，受法于司徒，退而颁之于其州、党、族、闾、比之群吏，使各以教其所治之民，以考其德行，察其道艺，以岁时登其夫家，察其众寡⑤。凡民之

---

①"执契"至"商旅"：语本《周礼·冬官考工记》而小异。别：《周礼》作"辨"，通办。 ②罢（pí 皮）民：原作"穷民"，据《周礼·秋官·大司寇》改正。 ③丽：通"罹"。 ④忧：《周礼·地官·大司徒》作"受"。 ⑤"使各"句至"察其众寡"句：语本《周礼·地官·乡大夫》而小异。"法"前《周礼》有"教"字。夫家：原作"大夫"，据《周礼》正，指男女。

有德行、道艺者，比以告闾，闾以告族，族以告党，党以告州，州以告乡，乡以告□[1]；民有罪奇衺者，比以告亦如之。有善而不告，谓之蔽贤，蔽贤有罚；有恶而不以告，谓之党逆，党逆亦有罚。故民不得有遗善，亦不得有隐恶。乡大夫三年则大比而兴贤能者，乡老及乡大夫、群吏献贤能之书于王，王拜受之，登于天府。其爵之命也，各随其才之所宜，不以大司小，不以轻任要。故《书》曰[2]："百僚师师，百工惟时。"此先王取士官人之法也。故其民莫不反本而自求，慎德而积小，知福祚之来，不由于人也。故无交游之事，无请托之端，心澄体静，恬然自得，咸相率以正道，相厉以诚悫[3]，奸说不兴，邪陂自息矣[4]。

世之衰矣，上无明天子，下无贤诸侯，君不识是非，臣不辨黑白，取士不由于乡党，考行不本于阀阅，多助者为贤才，寡助者为不肖，序爵听无证之论，班禄采方国之谣。民见其如此者，知富贵可以从众为也[5]，知名誉可以虚哗获也，乃离其父兄，去其邑里，不修道艺，不治德行，

---

① "告"下当有阙文。据下文"乡老及乡大夫、群吏献贤能之书于王"，所阙似为"王"字。 ②《书》：此指《尚书·皋陶谟》。 ③ 诚悫（què 却）：朴素，诚实。 ④ 邪陂（bì 必）：邪恶不正。 ⑤ 从：俞樾《诸子平议补录》卷十谓当作"徒"，形近而讹。

讲偶时之说，结比周之党，汲汲皇皇，无日以处，更相叹扬，迭为表里；梼杌生华①，憔悴布衣，以欺人主、惑宰相、窃选举、盗荣宠者，不可胜数也。既获者贤已而遂往，羡慕者并驱而追之，悠悠皆是，孰能不然者乎？桓、灵之世②，其甚者也！自公、卿、大夫、州牧、郡守，王事不恤，宾客为务，冠盖填门，儒服塞道，饥不暇餐，倦不获已，殷殷沄沄③，俾夜作昼；下及小司，列城墨绶，莫不相高以得人④，自矜以下士；星言夙驾，送往迎来，亭传常满；吏卒传问，炬火夜行，阍寺不闭⑤；把臂捩腕⑥，扣天矢誓，推托恩好；不较轻重，文书委于官曹，系囚积于囹圄⑦，而不遑省也。详察其为也，非欲忧国、恤民、谋道、讲德也，徒营己、治私、求势、逐利而已，有策名于朝而称门生于富贵之家者，比屋有之；为之师而无以教，弟子亦不受业，然其于事也，至乎怀丈夫之容，而袭婢妾之态；或奉货而行赂以自固结，求志属托，规图仕进，然掷目指掌，高谈大语。若此之类，言之犹可羞，而行之者不知耻。嗟乎！

---

① 梼杌（táo wù 桃误）：传说中的凶兽名，此代指恶人。 ② 桓、灵之世：汉桓帝刘志、汉灵帝刘宏在位的时期（147—189）。 ③ 殷殷沄沄（yún 云）：纷繁浩荡的样子。 ④ 高：原作“商”，据俞樾《诸子平议补录》卷十正。 ⑤ 阍（hūn 昏）寺：阍者和寺者，守门人，此指门。 ⑥ 捩（liè 列）：扭转。 ⑦ 囹圄（líng yǔ 零雨）：牢狱。

王教之败，乃至于斯乎！

且夫交游者出也，或身殁于他邦，或长幼而不归，父母怀茕独之思①，室人抱《东山》之哀②，亲戚隔绝，闺门分离，无罪无辜，而亡命是效。古者行役，过时不反，犹作诗刺怨，故《四月》之篇称“先祖匪人，胡宁忍予”③，又况无君命而自为之者乎？以此论之，则交游乎外，久而不归者，非仁人之情也。

【翻译】

“民众喜好交结朋友，世道就比不上圣明君王的时代吗？古代的人们不结交朋友，是为了自我追求吗？”

从前圣明的君王管理百姓，让他们从事九种职事，用八种刑罚矫正他们，用吉礼、凶礼、军礼、宾礼、嘉礼五种礼仪引导他们，用《云门》、《咸池》、《大韶》、《大夏》、《大濩》、《大武》六种古乐舞感化他们，用六德、六行、六艺三种事物教育他们，又让他们学习六种举止动作，使百姓劳动而不至于困乏，安逸而不至于荒怠。在那个时候，全国各地的民众，进道修业、忙于事务都来不及，哪

---

① 茕（qióng 穷）独：孤独。 ②《东山》：指《诗经·豳风·东山》，描写征夫远征不归而思念故乡亲人之情。 ③《四月》：此指《诗经·小雅·四月》。匪：通“非”。

里还敢胡思乱想、放弃劳动，做一些无关紧要的事情以妨碍完成美好的功业呢？从王公大臣到广大士人，没有一个不保持正道、敬畏天命、自我省察、恪尽职守而敢于擅自贪图享受的。所以《春秋外传》说："天子穿着大采礼服，清晨祭祀太阳，与太师、太傅、太保三公，少师、少傅、少保、冢宰、司徒、宗伯、司马、司寇、司空九卿熟悉、认识大地的恩德；中午考核政务，参预百官的政事，师尹陈列众士、州牧、国相全面安排百姓的事务；穿着少采礼服，傍晚祭祀月亮，与太史、冯相氏、保章氏恭敬地观察上天的运行法则，晚上视察宫中女官，让她们洁净地供奉祭天的黍稷等物品，然后才放心。诸侯早晨修习天子的重大指令，白天考察封国的事务，傍晚省视常用的刑法，晚上告诫众官，让他们不要享乐过度，然后才放心。卿大夫早晨考察他为王公所做的职事，白天研究各种政事，傍晚安排他的工作，晚上治理他的家事，然后才放心。士早晨接受工作，白天研究练习，傍晚反复温习，晚上反省有没有过错、有没有悔恨，然后才放心。"正月使有关部门命令各官府，说："你们每个人都要做好你的职事，推敲你的方法，完备你的事业，以听从君王的命令。如果有所不恭，那么国家就会有大的刑罚加在你的身上。"由此看来，古人不努力结交朋友的原因，不是政治不好，而是当时人们的心思都用在他们的工作事业上，而无暇顾及。况且，从前的君王教导官员，既不以交游之事引导民众；而乡里考察德行，又不以交游多少推举贤人，所以不用禁止，民众就会自觉放弃结交朋友。等到周朝衰微了，结交朋友的风气才开始兴盛起来。

问的人说：“你著书立说，说君子有交游，是为了获得贤明的朋友。现在你又说结交朋友不是古代的事。这么说来，古代的君子就没有贤明的朋友吗？”

回答说：你对大道理一点不懂也太出奇了！如果不出家门庭院，整天呆在家中，即使是魑魅魍魉、妖魔鬼怪我也看不见，何况贤人呢？如今你不明白我所说的结交朋友的本质而责难它的名称。有名称虽然相同而本质却不同的情况，也有名称虽然不同而本质却相同的情况。所以君子对于这种情况，致力于它的本质而不讥讽它的名称。我所说的古人不结交，不是说要整天对着屋角在家闲坐；如今好交游的人，说的是那些整天在路途上辛苦奔波、沐雨栉风的人。古代的君子，利用国家公务的闲暇时刻，捧着见面礼去拜访同事以及国中的贤明人士，他们在宴饮游乐的时候，谈论仁义之道而不言及名誉、利益；没被称为君子的人，也利用农事的间隙，捧着见面礼去拜访乡党志同道合的人。古代的贤人也是这样。那么他们怎么会得不到贤明的朋友呢？他们是没有放下国家公务、废弃事业、游历远方、旷日持久而不回归的。因此，古代的结交近便，如今的结交遥远；古代的结交少，如今的结交多；古代的结交为了获得贤明的朋友，如今的结交为了获得美名厚利。

古代建立国家，有四类民众：掌握文书、修治版图，奉行圣明君王的法令，处事于礼义之中的，叫做士；竭尽心力以发挥土地的功用的，叫做农夫；明辨曲直形势、整治各种材料以制作各种民用器具的，叫做百工；互通各地珍异货物以利使用的，叫做商旅。各自世代承继他们的工作，而不改变他们的职业，从小学习；他们的内心安于他们的工作，就好像出自天性，因而他们的事功永不停止。所以，安排他们，使他们后面跟随着本族的众人，不使四者之间互相侵夺利益，目的就是为了统一他们的耳目视听。不致力于这四种职业的人，叫做罢民，就让他们在牢狱中服役。所有的民众出入行止、会聚饮食，都有分寸节制，不能够懈怠荒废以妨碍民生事务，以犯罪受罚，那么哪里还会有大家都远走他乡专门从事结交朋友的事呢？因此，五家联合成一比，使他们互相保证，每比都有一位保长；五比联合成闾，使他们互相分忧，每闾都有一位胥吏；四闾联合成族，使他们互相助葬，每族都有一位族师；五族联合成党，使他们互相救助，每党都有一位党正；五党联合成州，使他们互相赈济，每州都有一位州长；五州联合成乡，使他们互相以宾礼接待乡贡之贤人，每乡都有一位大夫。乡大夫必须是聪明慈惠的人，使他们分别掌握他那个乡的政教禁令。正月初一，从司徒那里接受法令，回去颁发给所辖的州、党、族、闾、比的广大官员，让他们分别用来教给所管治的民众，以此考察他们的德行、道艺；按四季登记男女，考察人口的多少。凡是民众之中有德行、道艺的人，比上报给闾，闾上报给族，族上报给党，党上报给州，州上报给乡，乡上报给国王；民众之中有罪恶邪僻的人，也从比开始逐级上报。有善行而不上报，叫做蔽贤，蔽贤的人有惩罚；有恶德而不上报，叫做党逆，党逆的人也有惩罚。所以，民众不会有遗漏的善行，也不会有隐藏的恶德。乡大夫每三年对乡吏进行考核，荐举有德行、道艺的人，乡老与乡大夫、各级官员向君王敬献推举有德行、道艺之人的文书，君王拜而受之，藏放在朝廷的府库之中。爵位的命名，分别根据他们的才德情况，既不以博大的才德管理小职，也不以轻薄的才德而任以重爵。所以《尚书》说："各种官员都能互相学习效法，负责各方面具体事务的人都能办好自己分内的事情。"这就是从前的君王录取士人、任用官员的方法。因此，他的民众没有不顾根本而自我有所要求，慎修道德而从小事做起，积善成德，他们知道福分的来临，不是由他人决定的。所以没有交游的事情，没有私相嘱托的事端，内心清澈，身体平静，悠然恬淡，自得其乐，都能以正道互相引导，以诚朴互相勉励，邪恶不正的学说不能兴起，荒诞不经的行为自然停息了。

世道衰微的时候，上面没有圣明的天子，下面没有贤明的诸侯；国君不明是非，臣下不分黑白；录取士人不由乡党荐举，考察德行不根据功绩阅历；帮衬多的人就是贤才，帮衬少的人就是不肖；安排爵位听从没有验证的言论，颁发俸禄采用州郡的歌谣。百姓民众有鉴于此，知道富贵是可以通过门徒众多得到的，知道名誉是可以通过浮伪虚夸取得的，于是就告别他的父母兄弟，背井离乡，不学艺能，不修德行，讲说一些逢迎时势的言论，交结一些结党营私的朋友，匆匆忙忙，没有一天安静，互相赞叹吹嘘，相为表里；致使恶人生辉，平民百姓萎靡憔悴，用以欺骗国君、迷惑宰相、窃取选举、盗取荣宠的，不可胜数。已经得到的，以自己为贤明，从而认为过去所做的一切都是正确的；那些羡慕的人则并驾齐驱而追随效仿他，遍地都是，又有谁能够不这样呢？汉桓帝、汉灵帝那个时代，恐怕是最严重的了！上自公、卿、大夫、州牧、郡守，放下国事不管，整天致力于宾客的送往迎来，官吏充满门庭，儒生阻塞道路，饥饿了没有时间吃饭，疲倦了也得不到休息，熙熙攘攘，浩浩荡荡，把黑夜当白昼；下及小官小吏、边城官员，也都互相吹捧抬举以得人心，以能够礼贤下士而自我吹嘘；头顶星辰早起驾车出行，来往送迎，驿站常常满员；衙役传递问候，常常举着火把连夜赶路，衙门不关；握扭着手腕、胳膊，对天发誓，推举恩惠嘱托友好；不计较轻重得失，把文书委托给下属，把囚犯累积在监狱，而没有时间审阅处理。仔细地考察他们的作为，不是想着忧国忧民；研究道德，只不过是为己谋私、争名夺利而已。出仕于朝廷而于富贵之家自称门生的人，哪家都有；作为老师而没有什么东西可以教导他，弟子也不学习。但他们做起事来，竟至于抱着男子汉的仪表而学习丫环使女的神态；有的人是捧着财物行贿，以求固结权贵，请求嘱托，图谋进身为官，却高谈阔论，口若悬河。如此之类，君子说起来都感到羞愧，而他们做起来都不知羞耻。啊呀！从前圣明君王的教化，竟衰败到这个地步吗？

况且，那些为结交朋友而出行的人，有的客死他乡，有的孩子长大了也不回家；父母亲怀着孤独的忧思，家人抱着《东山》篇所反映的悲哀；父母亲人相互隔绝，妻儿子女天各一方；无罪无过，而效仿那些逃亡在外的人。古代的人们因公跋涉在外，过时不能回家，还作诗讥刺抱怨，所以《四月》这首诗，说“先祖难道不仁吗？怎能忍心让我受难呢！”更何况没有君王的命令而自己这样做呢？由此说来，在外面忙于交游，年久而不回家，也不是仁者所能做出的事情。

夭　寿

《夭寿》是反映徐幹生命观的一篇文章。他以论辩的形式首先提出问题：孔子说“仁人长寿”，《周易》说“累积善行的人，一定有很多喜庆的事情”，然而颜渊壮年早逝，比干、伍子胥遭遇杀身大祸。这是什么原因呢？

作者批驳了荀爽、孙翱二家的观点，认为孔子所说的“仁人长寿”，意思是仁人推行仁德，连草木虫鱼都受其恩泽，所以他的生命必然长寿；他认为圣人的教诲是为那些明察、诚信的人而发的，使他们知道不累积善行、不推行仁政，就无法自立于世；他认为自然的规律曲折阔远，幽晦难明，圣人乃取其大概以为法则，自然难以万事周全，所以不能以偏概全；他还认为，贤人的道路往往殊途而同归，虽然方法、道路不同，目的却是相同的，不能以此责难圣人。

或问："孔子称'仁者寿'①，而颜渊早夭②；'积善之家③，必有余庆"，而比干、子胥身陷大祸④。岂圣人之言不信，而欺后人耶？"

故司空颍川荀爽论之⑤，以为古人有言"死而不朽"⑥，谓"太上有立德，其次有立功，其次有立言⑦"。其身殁矣，其道犹存，故谓之不朽。夫形体者，人之精魄也；德义令闻者，精魄之荣华也。君子爱其形体，故以成其德义也。夫形体，固自朽弊消亡之物，寿与不寿，不过

① 语见《论语·雍也》。 ② 颜渊：孔子弟子，以善行著称。年三十一而死。 ③ 语见《周易·坤卦·文言》。 ④ 比干：殷纣王叔伯父。纣王淫乱，比干犯颜强谏，纣王怒，剖其心而死。子胥：即伍员，春秋楚人。父伍奢、兄伍尚都被楚平王杀害，子胥奔吴，佐吴王阖闾伐楚，五战入郢，掘平王墓，鞭尸三百。吴王夫差败越，越请和，子胥谏不从。夫差信伯嚭谗，迫子胥自杀。 ⑤ 司空：官名，三公之一，参议国事。颍川：今河南许昌市。荀爽（128—190）：又名谞，字慈明。汉献帝时，董卓专政，以其有重名，征入朝，九十五日内，位登三公。著有《礼易诗传》、《新书》等。 ⑥ 语见《左传·襄公二十四年》。 ⑦ "太上"三句：亦见《左传·襄公二十四年》。

数十岁；德义立与不立，差数千岁，岂可同日而言也哉？颜渊时有百年之人，今宁复知其姓名耶？《诗》云①："万有千岁，眉寿无有害。"人岂有万寿千岁者，皆令德之谓也。由此观之，仁者寿，岂不信哉？《传》曰②："所好者有甚于生者，所恶有甚于死者。"比干、子胥，皆重义轻死者也，以其所轻，获其所重，求仁得仁，可谓庆矣。槌钟击磬，所以发其声也；煮鬯烧薰③，所以扬其芬也。贤者之穷厄戮辱，此槌击之意也；其死亡陷溺，此烧煮之类也。

北海孙翱以为④，死生有命，非他人之所致也。若积善有庆，行仁得寿，乃教化之义，诱人而纳于善之理也。若曰积善不得报，行仁者凶，则愚惑之民将走千恶以反天常⑤。故曰："民可使由之不可使知之⑥。"身体发肤，受之父母，不敢毁伤，孝之始也⑦。若夫求名之徒，残疾厥体、昌厄危戮以徇其名，则曾参不为也。子胥违君而适仇国，以雪其耻，与父报仇，悖人臣之礼，长畔弑之原⑧，

---

①《诗》：此指《诗经·鲁颂·閟宫》。 ②《传》：此指《孟子·告子上》。好，《孟子》作"欲"。 ③鬯（chàng 畅）：用郁金香合黍酿造的香酒。薰（xūn 勋）：香草名。 ④北海：今山东青州、寿光一带。 ⑤走千恶：一作"移其性"。 ⑥"民可"二句：语见《论语·泰伯》。 ⑦"身体"四句：语见《孝经·开宗明义章》。始，原作"至"，据《孝经》改正。 ⑧畔：通"叛"。

又不深见二主之异量[1]，至于悬首不化[2]，斯乃凶之大者，何庆之为？

幹以为二论皆非其理也，故作《辨夭寿》云：幹闻先民称“所恶于知者，为其凿也[3]”，不其然乎？是以君子之为论也，必原事类之宜而循理焉。故曰：说成而不可间也，义立而不可乱也。……夫圣人之言广矣、大矣，变化云为，固不可以一概齐也。今将妄举其目，以明其非。

夫寿有三：有王泽之寿，有声闻之寿，有行仁之寿。《书》曰[4]：“五福，一曰寿。”此王泽之寿也。《诗》云[5]：“其德不爽，寿考不忘。”此声闻之寿也。孔子曰：“仁者寿。”此行仁之寿也。孔子云尔者，以仁者寿，利养万物，万物亦受利矣，故必寿也。荀氏以死而不朽为寿，则《书》何故曰“在昔殷王中宗[6]，严恭寅畏，天命自度，治民祗惧，不敢荒宁，肆中宗之享国七十有五年。其在高宗，寔旧劳于外，爰暨小人。作其即位，乃或亮阴，三年不

---

① 二主：指吴王阖闾与夫差。 ②“悬首”句：谓吴王夫差听信太宰伯嚭之谗言而赐伍子胥死。子胥临死，嘱其舍人必抉其眼悬吴东门之上以观越人入灭吴国。 ③ 语见《孟子·离娄下》。知：通“智”。“其”字原缺，据《孟子》补。 ④《书》：此指《尚书·洪范》。 ⑤《诗》：此指《诗经·小雅·蓼萧》。⑥《书》：此指《尚书·无逸》。

言，其惟不言，言乃雍[1]。不敢荒宁，嘉靖殷国。至于小大，无时或怨。肆高宗之享国五十有九年。其在祖甲，不义惟王，旧为小人。作其即位，爰知小人之依，能保惠庶民，不侮鳏寡。肆祖甲之享国三十有三年。自时厥后立王，生则逸[2]，不知稼穑之难艰[3]，不知小人之劳苦[4]，惟耽乐是从。自是厥后，亦罔或克寿，或十年、或七八年、或五六年、或三四年”者？周公不知夭寿之意乎？……

孙氏专以王教之义也，恶愚惑之民将反天常。孔子何故曰“有杀身以成仁[5]，无求生以害仁”，又曰“自古皆有死，民无信不立[6]”？欲使知去食而必死也[7]。昔者仲尼乃欲民不仁不信乎？夫圣人之教，乃为明允君子，岂徒为愚惑之民哉？愚惑之民，威以斧钺之戮[8]，惩以刀墨之刑，迁之他邑，而流于裔土，犹或不悛，况以言乎？故曰：“惟上智与下愚不移[9]。”

然则荀、孙之义皆失其情，亦可知也。昔者帝喾已

---

① “其惟”二句：原作“惟言乃雍”四字，据《尚书》补正。 ② 生则逸：《尚书》句下复有“生则逸”句。 ③ 难艰：《尚书》作“艰难”。 ④ 知：《尚书》作“闻”。苦：《尚书》无此字。 ⑤ “有杀”二句：语见《论语·卫灵公》。 ⑥ “自古”二句：语见《论语·颜渊》。 ⑦ 去食而必死：意思是舍生以求仁取义。 ⑧ 钺（yuè悦）：古兵器，状如大斧。 ⑨ 语见《论语·阳货》。

前尚矣[1]，唐、虞、三代，厥事可得略乎闻，自尧至于武王，自稷至于周召[2]，皆仁人也，君臣之数，不为少矣；考其年寿，不为夭矣。斯非"仁者寿"之验耶？又七十子，岂残酷者哉？顾其仁有优劣耳，其夭者惟颜回。据一颜回而多疑其余，无异以一钩之金，权于一车之羽，云金轻于羽也。

天道迂阔，暗昧难明，圣人取大略以为成法，亦安能委曲不失，毫芒无差跌乎？且夫信无过于四时，而春或不华，夏或陨霜，秋或雨雪，冬或无冰，岂复以为难哉？所谓祸者，已欲违之而反触之者也。比干、子胥已知其必然而乐为焉，天何罪焉？天虽欲福仁[3]，亦不能以手臂引人而亡之，非所谓无庆也。荀令以此设难，而解以槌击烧薰，于事无施；孙氏讥比干、子胥，亦非其理也。殷有三仁，比干居一，何必启手然后为德？子胥虽有仇君之过，犹有观心知仁；悬首不化，固臣之节也。且夫贤人之道者，同归而殊途，一致而百虑，或见危而授命，或望善而遐举，或被发而狂歌，或三黜而不去，或辞聘而山栖，或忍辱而俯就，岂得责以圣人也哉？於戏！通节之

① 帝喾(kù 库)：古帝名，相传为黄帝子玄嚣(xiāo 消)的后代，号高辛氏，商始祖。 ② 周召(shào 绍)：周召公，姓姬名奭，武王之臣，封于召，故称召公。成王时与周公辅弼王室，分陕而治。 ③ 仁：原注："一作人"。

士，实关斯事，其审之云耳！

【翻译】

有人问道："孔子说'仁人长寿'，而颜渊壮年夭折；《周易》说'累积善行的家庭，一定有很多喜庆的事情'，而比干、伍子胥遭遇杀身大祸。难道说是圣人的话不可靠而欺骗后人吗？"

已故司空颍川人荀爽谈论及此，以为古人说过这样的话，叫做"死而不朽"，说的是"最高的是树立德行，其次是树立功业，再其次是树立言论"，他的身体虽死亡了，他的思想却还留存，所以叫做不朽。身躯形体，是人的精神气魄；道德仁义好名声，是精神气魄的精华。君子爱护他的形体，是为了修成他的道德仁义。形体本来就是会腐朽凋弊死亡消失的东西，长命或短命，不过几十年之差；道德仁义的树立与否，相差几千年，这难道是可以同日而语的吗？颜渊那时候，有活了一百多岁的人，现在难道还有知道他的姓名的吗？《诗经》说："千秋万岁，得享高寿无灾祸！"人难道有活千岁万岁的？说的都是美好的仁德。由此看来，"仁人长寿"，难道不是确实如此吗？《传》上说："所喜爱的有比生命更重要的，所厌恶的有比死亡更可怕的。"比干、伍子胥都是重义而轻死的人，用他所轻视的东西，换取了他所看重的东西，追求仁德而获得仁德，可以说是喜庆了。撞钟击磬，是为了让它们发出美妙的音乐；蒸煮鬯酒、焚烧薰草，是为了散发它们的芬芳气息。贤明之人的窘迫、困厄、遭刑、受辱，就好像是钟磬的被撞击；他们的身死、流亡、处于困境，就好像是鬯酒和香草的被蒸煮、焚烧。

北海人孙翱认为，一个人的死和生是由命运决定的，而不是他人所给的。说累积善行就有喜事，推行仁德就能长寿，只不过是教化的道路，目的是为了引人向善。如果说累积善行而不得善报，推行仁德的人不吉利，那么愚昧迷惑的人，就会做出千般恶行而与自然运行的常道相违背了。所以说："老百姓可以使他们照着我们的道路走去，却不可以让他们知道这是为什么。"身躯、四肢、头发、皮肤，是从父母那里得来的，不敢有所毁坏伤损，这是孝道的基础。至于那些求名逐利之徒，不惜伤残他的身体，触危犯戮以舍身为名，曾参是不会这么干的。伍子胥背离国君而投奔敌国，以洗雪他的耻辱，报杀父之仇，这违背了作为人臣的礼节，助长了叛逆杀君的风气，又不能深切了解阖闾、夫差二位君主的不同度量，直至悬首国门而不知改变，这是大凶之事，又有什么喜庆可言？

我认为荀、孙二家所论都不符合道理，所以写作这篇《辩夭寿》。我听说前人说过这样的话："之所以被智者所厌恶，是因为他穿凿附会。”难道不真是这样吗？因此，君子谈论事情，必须依据事物的正道而遵循其理。所以说：言论成立而不可干犯，义理确立而不可淆乱。……圣人的言论是深广而又博大的，至于其中的千变万化，当然是不能够以偏概全的。现在我随便列举其纲目，以说明荀、孙二家的错误。

长寿有三种情况：有上帝恩泽的长寿，有名声的长寿，有推行仁德的长寿。《尚书》说：“五种幸福：一为长寿。”这是上帝恩泽的长寿。《诗经》说：“他的品德没差错，愿他长寿永不老。”这是名声的长寿。孔子说：“仁人长寿。”这是推行仁德的长寿。孔子这样说，是认为仁人长寿，有利于养育万物，万物也受益了，所以肯定长寿。荀氏以死而不朽为长寿，那么《尚书》为什么说这样的话呢？“过去殷王中宗，严肃恭谨，小心翼翼，以天命为标准来自我衡量，怀着恭敬畏惧的心情来管理民众，不敢荒怠、贪图安乐，所以中宗在位长达七十五年。到了高宗，他曾长期居于民间，同地位很低的人一起劳作，等到继承王位，因新遭父殁，默然居丧，三年不轻意言说，正因如此，偶而谈及国事，都深得群臣拥护。他不敢荒废国事、贪图安逸，因此使殷国富强平安，从小民到大臣，没有人有怨言，因此，高宗在位达五十九年。到了祖甲，身为帝王而多行不义，伊尹放之于桐宫，与平民百姓一起劳作，使悔过自新，归复王位后，知道小民的喜怒哀乐，能够施惠于平民百姓，连鳏寡孤独、无依无靠之人都不敢轻慢，所以祖甲在位也达三十三年。从此以后所立的国王，生下来就享受安逸。正因为生下来就享受安逸，所以不知道种植庄稼的艰难，不了解平民百姓的劳苦，只知沉溺在安乐之中。从此以后的国王再也没有长寿的，他们执政的时间，有的十年，有的七八年，有的五六年，有的三四年。”这难道是周公不知夭折与长寿的含意吗？……

孙氏专以圣明君主教化的要义在于厌恶愚惑之民将违反天之常道来立论。那么孔子为什么说“要勇于牺牲自我来成全仁德，而不要贪生怕死以损害仁德”，又说“自古以来谁都免不了死亡，一个人失去了信誉就无法自立于世了”呢？这是为了想让人们知道舍生取义，杀身成仁的道理。难道当初孔子是想让人们不仁义、不讲信用吗？圣人的教诲，乃是为了那些明察、诚信的君子而发的，难道仅仅是为了那些愚昧迷惑的人吗？那些愚昧迷惑的人，即使用杀戮来威吓，用黥刑来惩罚，把他们迁徙到别的地方，流放到边疆，还有不知悔改的，何况用言语呢？所以说：“只有上等的智者和下等的愚人是不可改变的。”

这么说来，荀、孙二家的义理都不符合情理，也已可想而知了。帝喾以前的事情已经很久远了，唐尧、虞舜、夏商周三代，他们的事情大略还可以知道。从尧直到周武王，从稷直到周召公，都是仁人，君臣的数量，也不算少了，考察他们的年龄寿命，不算夭折了。这不正是"仁人长寿"的证明吗？又孔子七十弟子，难道都是凶残刻毒之人？只不过是他们的仁义有优有劣罢了，其中早逝的只有颜渊一人。根据一个颜渊而怀疑其他那么多人。这无异于拿一秤钩的金子去衡量一车子的羽毛，而说金子比羽毛轻。

自然的规律曲折阔远，昏暗幽晦，难以明白，圣人取其大概以为法则，又怎么能够全面周到而无一丝一毫的疏漏失误呢？况且诚信不欺要数四季的更替变换了，然而春天有时不开花，夏天有时下霜，秋天有时下雪，冬天有时不结冰。难道能够以此责难吗？所谓灾祸，是自己想离开却偏偏遇上它的东西。比干、伍子胥已经知道肯定要有不幸遭遇而愿意那样去做，上天又怪罪他们什么呢？上天尽管想保祐人，也不能用手臂拉他而使他逃掉，所以，比干、伍子胥也不是孙翱所说的没有喜庆。荀爽以此设难而以撞钟击磬、煮鬱烧薰来解释，于事无补。孙翱讥讽比干、伍子胥，也是不合道理的。殷商有三位仁人，比干是其中的一位，为什么非得善终然后才算有德行？伍子胥虽然有仇视国君的过错，还是能够观察心性了解仁义的;至于说悬首国门而不改变初衷,这本来就是为臣的志节。再说,贤人的道路,目的相同却有不同的途径,大的设想一致而思路却可以有很多种,有的人明知危险却不惜付出生命,有的人却是已看到好处而远走高飞;有的人披散头发而颠唱狂歌,有的人则是多次被贬而不肯离去;有的人拒绝征聘而隐居山林,有的人则是忍辱含垢而屈从迁就,怎么能够以此指责圣人呢?呜呼!通晓志节的人,实与此事有关,是必须审察明白的!

务　本

凡事都有轻重远近之分，有本末难易之别。徐幹认为，圣人与普通人的差异，就在于他们知道事物的本末、轻重、先后的次序。

作为一国之主，其当务之急是什么呢？是避重就轻取其近，还是弃轻就重谋其远？是舍本逐末图其易，还是追本舍末攻其难？作者认为，圣明君王的选择只能是后者而不是前者。这也就是他所说的“务本”。否则，周详于琐细之事而忽略中正之道，洞察眼前事物而不明长远谋略，国家就必然要发生混乱，走向灭亡。

什么是中正之道、长远谋略呢？那就是仁德足以覆盖民生，慈惠足以抚养百姓，光明足以照耀四方，智慧足以管理万物，机变足以应付无穷变化，道义足以丰富财物器用，威严足以禁止奸恶不法，雄武足以平定灾祸混乱。能够详尽地听取他人的意见，审慎地选取和任用人才，明达国家兴废的原因，熟知社会安危的区分。具备了这样的素质，就可以无往而不胜。

人君之大患也，莫大于详于小事而略于大道，察于近物而暗于远数①，故自古及今，未有如此而不乱也，未有如此而不亡也。

夫详于小事而察于近物者，谓耳听乎丝竹歌谣之和，目视乎雕琢采色之章，口给乎辩慧切对之辞，心通乎短言小说之文，手习乎射御书数之巧，体骛乎俯仰折旋之容。凡此者，观之足以尽人之心，学之足以动人之志，且先王之末教也，非有小才小智，则亦不能为也。是故能为之者，莫不自悦乎其事，而无取于人，以人皆不能故也。

夫居南面之尊，秉生杀之权者，其势固足以胜人也，而加以胜人之能，怀是己之心，谁敢犯之者乎？以匹夫

① “察于”句：原作“察其近物而暗于远图”，据《群书治要》及下文正。

行之，犹莫之敢规也[①]，而况人君哉？故罪恶若山，而己不见也；谤声若雷，而己不闻也，岂不甚矣乎！

夫小事者味甘，而大道者醇淡，近物者易验，而远数者难效，非大明君子，则不能兼通者也。故皆惑于所甘，而不能至乎所淡，眩于所易，而不能反于所难[②]。是以治君世寡，而乱君世多也。故人君之所务者，其在大道、远数乎？大道、远数者，为仁足以覆帱群生[③]，惠足以抚养百姓，明足以照见四方，智足以统理万物，权足以变应无端，义足以阜生财用，威足以禁遏奸非，武足以平定祸乱；详于听受，而审于官人；达于兴废之原，通于安危之分。如此，则君道华矣。

夫人君非无治为也，失所先后故也。道有本末，事有轻重，圣人之异乎人者无他焉，盖如此而已矣。鲁庄公容貌美丽[④]，且多技艺，然而无君才大智，不能以礼防正其母，使与齐侯淫乱不绝，驱驰道路，故《诗》刺之曰[⑤]：“猗嗟名兮[⑥]，美目清兮，仪既成兮，终日射侯[⑦]，不出正

---

① 规：规劝，谏阻。 ② 反：《群书治要》作“及”。 ③ 为：通“谓”。 ④ 庄：原作“桓”，据《左传》及《诗经·齐风·猗嗟》毛传改正。鲁庄公（前693—前662在位）：名同，桓公子。 ⑤《诗》：此指《诗经·齐风·猗嗟》。 ⑥ 猗嗟：叹词。 ⑦ 侯：箭靶。

兮①。展我甥兮②。”下及昭公③，亦善有容，仪之习以亟，其朝晋也，自郊劳至于赠贿④，礼无违者，然而不恤国政。政在大夫，弗能取也；子家羁贤，而不能用也⑤；奸大国之盟⑥，凌虐小国；利人之难，而不知其私；公室四分，民食其他⑦，思莫在于公，不图其终，卒有出奔之祸。《春秋》书而绝之曰⑧：“公孙于齐⑨，次于阳州⑩。”故《春秋外传》曰⑪：“国君者，服宠以为美，安民以为乐，听德以为聪，致远以为明。”又《诗》陈文王之德曰⑫：“惟此文王⑬，帝度其心，貊其德音⑭。其德克明，克明克类，克长克君。王此大邦，克顺克比。比于文王，其德靡悔。既受帝祉，施于孙子。”心能制义曰度⑮，德政应和曰貊⑯，照监四方曰明⑰，施勤无私曰类，教诲不倦曰长，赏庆刑威曰君，慈和

---

① 正：靶心。 ② 展：诚，确实。 ③ 昭公（前541—前510在位）：名裯，襄公庶子。 ④ 贿：财物。 ⑤ 子家羁：庄公玄孙。昭公与公若、公为等谋去季氏，子家羁谏阻而不听。事发，昭公反被季氏驱禁。 ⑥ 盟：原作“明”，下复有“禁”字，据《左传·昭公五年》正。 ⑦ 其：《左传·昭公五年》作“于”。 ⑧《春秋》：此指《春秋·昭公二十五年》。 ⑨ 孙：通“逊”，退避。 ⑩ 阳州：山东东平北，为鲁、齐交界邑。 ⑪《春秋外传》：此指《国语·楚语上》。 ⑫《诗》：此指《诗经·大雅·皇矣》。 ⑬ 文王：今《诗经》作“王季”，太王子，文王父，名季历。 ⑭ 貊(mò 末)：静。 ⑮ “心能”九句：语本《左传·昭公二十八年》。 ⑯ 政：通“正”。 ⑰ 监：《左传》作“临”。

遍服曰顺[①]，择善而从曰比，经纬天地曰文。如此则为九德之美，何技艺之尚哉？

今使人君视如离娄[②]，聪如师旷[③]，御如王良[④]，射如夷羿[⑤]，书如史籀[⑥]，计如隶首[⑦]，走追驷马，力折门键。有此六者，可谓善于有司之职矣，何益于治乎？无此六者，可谓乏于有司之职矣，何增于乱乎？必以废仁义、妨道德，何则？小器弗能兼容。治乱既不系于此，而中才

---

① 慈和：《左传》作"和慈"。 ② 离娄：传说为黄帝时人，古之明目者，能于百步之外，见秋毫之末。 ③ 师旷：春秋晋国人，乐师，字子野。楚人伐郑晋，师旷从所唱南北歌曲中听出南风不胜，断言楚师必无功；齐晋对峙，听乌鸦之鸣乐而知齐师必遁逃。事见《左传·襄公十八年》。 ④ 王良：春秋晋国人，善御马。 ⑤ 夷羿：相传为尧时善射者，曾受尧命，上射十日，下射封豨、长蛇，为民除害。 ⑥ 史籀(zhòu 宙)：周宣王太史籀，相传曾作《史籀篇》十五篇以教学童识字。 ⑦ 隶首：相传为黄帝之臣，发明算数。

之人所好也①。昔潞丰舒、晋智伯瑶之亡②，皆怙其三才、恃其五贤而以不仁之故也。故人君多技艺、好小智而不通于大道者③，适足以距谏者之说，而钳忠直之口也，只足以追亡国之迹，而背安家之轨也。不其然耶？不其然耶？

【翻译】

君主的大弊病，没有比精详于琐细之事而忽略中正大道，洞察眼前的事物而不知考虑长远更为严重的了。从古到今，没有这样为政而国家不混乱的，也没有这样为政而国家不灭亡的。

---

①"所"字原缺，据《群书治要》补。 ②"昔潞"句：原作"昔潞丰舒晋知其亡也"，据《群书治要》正。潞：春秋国名，即潞子国。丰舒：《左传》作"酆舒"，潞子国执政大臣。据《左传·宣公十五年》载，潞国国君婴儿夫人为晋景公之姊，酆舒执政而杀之，又伤其君之目。晋侯欲伐之，诸大夫都以酆舒有三俊才而不赞同，唯伯宗说一定要攻伐他，因为他有五种罪恶，倚才而不修德，是灭亡之道。晋侯从之，遂灭潞子国，杀酆舒。智伯瑶：即知瑶，又称荀瑶。据《国语·晋语九》载，荀申将以瑶为继承人，智果以为不如其庶子宵，因为宵虽凶狠，却只在脸上，而瑶的凶狠则在心里，尽管他有五个方面超出众人，但很不仁，如果立瑶为继承人，智氏宗族肯定灭亡。荀申不听，终立瑶为后。三年而智氏亡。 ③道：原作"伦"，据《群书治要》改正。

精详于细琐之事，洞察眼前之物，说的是耳朵能够听到音乐、歌谣的和谐动听，眼睛能够看到雕刻、颜色的绚丽成章，口里能够说出机敏灵活、恰切应对的言辞，内心通晓于短言浅论、街谈巷语的文章，双手熟习于射箭、驾车、书写、运算的工巧，身体熟练于俯首、抬头、转弯、回旋的仪容。上述这几点，看上去足以满足人们的心愿，学习它足以改变人们的志趣，况且，它们也是从前君王的非根本的教导，没有一定的才华和智慧，也是不能做到的。正因如此，那些能做到的人，没有不是以此沾沾自喜、不再去向别人学习的，自以为别人都不能做到这些。

那些处在君临天下的尊位、手里掌握着生杀大权的人，他们的威势本来就足以超过他人了，再加上超过他人的技能，抱着以己为是的心情，又有谁敢冒犯他呢？一个普通的人做到这样，还没有人敢劝谏他，更何况君主呢？所以，罪行恶德像山岳，而自己看不见；怨恨之声如雷霆，而自己听不见，岂不是太过分了吗？

琐细小事味道甘美，而中正之道醇厚淡雅；眼前之物容易验证，而长远的谋略难以立见成效，不是圣明君子，就不能够两者同时明彻。人们都为甘美的东西所迷惑，而不能去做难以立见成效的长远之事。所以清明的君主历代很少，而昏乱的君主每代都多。因此，君主所必须致力的，恐怕应在中正之道、长远谋略上。中正之道、长远谋略，说的是仁德足以覆盖生民，慈惠足以抚养百姓，光明足以照耀四方，智慧足以管理万物，机变足以应付无穷变化，道义足以丰富财物器用，威严足以禁止奸恶不法，雄武足以平定灾祸混乱；能详尽地听取他人的意见，审慎地选取和任用人才；明达国家兴废的原因，熟知社会安危的区分。能做到这样，那么为君之道也就齐备了。

那些君王并不是没有去做，却国亡身危，原因就在于做事失去了先后顺序。道有本有末，事有轻有重，圣人与普通人差异不在别的，就在于他们知道事情的本末轻重、先后次序，如此而已。鲁庄公容貌俊美，又多技能，但是没有君王的大才大智，不能用礼数约束纠正他的母亲，使她与齐襄公淫乱不绝，多次来往于齐鲁两国间，所以《诗经》讽刺他说："啊，鲁庄公真有名气啊，美丽的眼睛清秀啊！仪式已经完成了啊，一天到晚射箭靶啊！射来射去不中靶心啊，实在是我齐侯的外甥啊！"到了鲁昭公，也颇有美丽的容貌，急于学习礼仪，他朝奉晋国的时候，从郊外表示慰问一直到赠送财货，不曾有过违背礼仪的事，但是不考虑国家的政事。政令出自大夫，不能收回来；子家羁贤明之士，而不能被任用；触犯大国的盟约，欺侮虐待小国；把别人的危难作为利益，幸灾乐祸，却不知道自己也存在着危险；国家政权一分为四，百姓靠他人养活，自己心思都不在国家，还不知道考虑后果，终于有弃国出奔的大祸。《春秋》记载用决断的话说："昭公逃亡到齐国，住在阳州。"所以，《春秋外传》说："国君以使贤明的人受到宠爱为美，以平民百姓生活安宁为乐，以能听取有德之言为耳聪，以能使远方之人归服为目明。"又《诗经》陈述周文王的美德，说："就是这位文王，天帝审度了他的心意，他有清静淡泊的好名气。他的德行能明察是非，辨识善恶，能教训不倦，人人敬畏。称王于此大国，万众顺从上下亲热。至于文王，他的善德无尽。既受天帝的恩赐，一直延续到子孙。"内心能够制约道义叫做度，德行端正反应和谐叫做貊，光明照临四方叫做明，勤于施舍没有私心叫做类，教导别人不知疲倦叫做长，赏罚分明叫做君，仁慈和蔼使别人归服叫做顺，选择好的而跟从叫做比，能够经天纬地条理分明叫做文。这些就是九种美德，哪里只是对技艺的崇尚呢？

如今让君主视力如离娄，听觉如师旷，驾车如王良，射箭如夷羿，识字如史籀，计算如隶首，奔跑能够赶上马车，力量能够摧折门闩。有这六种能力，可以说在这些方面能够胜任专司一职官吏的职守了，但对于治理国家有什么益处呢？没有这六种能力，可以说是不称这些方面官吏的职守，但对于国家又怎么会增加混乱呢？事实上，肯定会以此而废弃仁义、妨害道德。为什么呢？小的器皿是不能兼收并蓄的。治理和混乱已经与此无关，而这正是中等才智的人所喜欢的。从前潞国丰舒和晋国智瑶的灭亡，都是丰舒依靠三方面超出众人的才气、智瑶倚仗五方面胜过众人的能力而不仁不义的缘故。所以君主多技能，喜好小才智，而不通明大道，他的技能、小才智正足以拒绝谏诤者的争辩而钳制忠直的言论，只足以追随亡国者的踪迹而违背安其家的规则。难道不是这样吗？难道不是这样吗？

审 大 臣

徐幹认为,大臣是君王看物听事的耳目、处事理政的手脚,所以必须广泛寻求聪明睿哲的君子贤人,把他们安排在高位上,让他们掌握国家的政教命令。只有这样,才能确保国家的安定繁荣和百姓的幸福安康。

如何选择、提拔大臣呢?他认为应该由君王亲自去发现,而不能根据众人的赞誉来提拔。因为世俗不赞誉的,未必就不好,世俗赞誉的,也未必就好。才德超群的君子贤人,不是凡俗之人所能认识的,他们处身陋巷,大智若愚,恬淡拙朴,不与时人争是非,不与世俗辩曲直,看上去与凡俗之人无异,又怎能获得众人的赞誉呢？

帝者昧旦而视朝廷，南面而听天下，将与谁为之？岂非群公卿士欤？故大臣不可以不得其人也。

大臣者，君之股肱耳目也，所以视听也，所以行事也。先王知其如是也，故博求聪明睿哲君子，措诸上位，执邦之政令焉。执政聪明睿哲①，则其事举；其事举，则百僚莫不任其职②；百僚莫不任其职③，则庶事莫不致其治；庶事莫不致其治④，则九牧之民莫不得其所⑤。故《书》曰⑥："元首明哉，股肱良哉，庶事康哉！"

故大臣者，治万邦之重器也，不可以众誉著也，人主所宜亲察也。众誉者，可以闻斯人而已。故尧之闻舜也，以众誉；及其任之者，则以心之所自见。又有不因众誉而获大贤，其文王乎？畋于渭水边，道遇姜太公，皤然皓首⑦，方秉竿而钓，文王召而与之言，则帝王之佐也，乃载之归，以为太师。姜太公当此时，贫且贱矣，年又老矣，非有贵显之举也，其言诚当乎贤君之心，其术诚合乎致平之道。文王之识也，灼然若批云而见日，霍然若开

---

①"聪明睿哲"四字原缺，据《群书治要》补。 ②③④"莫不"二字原缺，据《群书治要》补。 ⑤九牧之民：犹言九州之民，指天下之民。 ⑥《书》：此指《尚书·益稷》。 ⑦皤(pó 婆)然：头发斑白的样子。

雾而观天，斯岂假之于众人哉？非唯圣然也，霸者亦有之。昔齐桓公夙出，宁戚方为旅人①，宿乎大车之下，击牛角而歌，歌声悲激，其辞有疾于世②。桓公知其非常人也，召而与之言，乃立功之士也，于是举而用之，使知国政。

凡明君之用人也，未有不悟乎己心而徒因众誉也。用人而因众誉焉，斯不欲为治也，将以为名也。然则见之不自知，而以众誉为验也。此所谓效众誉也，非所谓效得贤能也。苟以众誉为贤能，则伯鲧无羽山之难③，而唐虞无九载之费矣④。……

世非有唐虞也，大道寝矣，邪说行矣，臣已诈矣，民已惑矣。非有独见之明，专任众人之誉，不以己察，不以事考，亦何由获大贤哉？且大贤在陋巷也，固非流俗之所识也。何则？大贤为行也，裒然不自见⑤，儡然若无能⑥，不与时争是非，不与俗辩曲直，不矜名，不辞谤，不求誉，其味至淡，其观至拙。夫如是，则何以异乎人哉？

---

① 宁戚：春秋卫人。以家贫为人挽车，遇齐桓公而为上卿。事见《吕氏春秋·举难》。 ② 疾于世：对当世有所不满。 ③ 伯鲧（gǔn 滚）：相传为大禹的父亲，因治水无功，舜殛（jí 吉）之于羽山。羽山：相传在今江苏赣榆。 ④ 唐虞：尧舜。 ⑤ 裒（póu 抔）：字当作“褎”（xiù 袖），形近而讹。褎然：超群，出众。 ⑥ 儡然：意不自安的样子。

其异乎人者，谓心统乎群理而不缪①，智周乎万物而不过，变故暴至而不惑，真伪丛萃而不迷。故其得志，则邦家治以和，社稷安以固，兆民受其庆，群生赖其泽，八极之内同为一。斯诚非流俗之所豫知也。不然，安得赫赫之誉哉？其赫赫之誉者，皆形乎流俗之观，而曲同乎流俗之听也。

君子固不然矣。昔管夷吾尝三战而皆北②，人皆谓之无勇；与之分财取多，人皆谓之不廉；不死子纠之难③，人皆谓之背义。若时无鲍叔之举④、霸君之听，休功不立于世，盛名不垂于后，则长为贱大夫矣。鲁人见仲尼之好让而不争也，亦谓之无能，为之谣曰："素韠羔裘，求之无尤。黑裘素韠，求之无戾⑤。"夫以圣人之德，昭明显融，高宏博厚，宜其易知也，且犹若此，而况贤者乎？

---

① 缪：通"谬"，谬误。 ② 管夷吾：管仲，春秋时齐人，初事公子纠，后相齐桓公，使其九合诸侯而成就霸业。 ③ 子纠：齐襄公之弟。襄公立而无常，他害怕祸及其身，乃与管仲、召忽奔鲁，弟小白奔莒。襄公被杀，小白先入为桓公，使鲁人杀子纠，召忽死难，而管仲请囚。 ④ 鲍叔：即鲍叔牙。事公子小白，与管仲交而知其贤。管仲尝射小白中钩，及小白立为桓公，鲍叔牙力荐管仲之贤，使相桓公而甘处其下。 ⑤ "素韠(bì 毕)"四句：《吕氏春秋·乐成》作"麛裘而韠，投之无戾。韠而无裘，投之无邮。"韠：原作"鞞"(bǐng 丙)，今据以正，蔽膝。

以斯论之，则时俗之所不誉者，未必为非也；其所誉者，未必为是也。故《诗》曰①："山有扶苏②，隰有荷华。不见子都，乃见狂且。"言所谓好者非好，丑者非丑，亦由乱之所致也。治世则不然矣。叔世之君生乎乱，求大臣，置宰相，而信流俗之说，故不免乎国风之讥也。而欲与之兴天和、致时雍、遏祸乱、弭妖灾，无异策穿蹄之乘而登太行之险，亦必颠踬矣③。故《书》曰④："股肱堕哉⑤，万事隳哉。"此之谓也。

"然则，君子不为时俗之所称欤⑥？"

曰：孝悌忠信之称也，则有之矣；治国致平之称，则未之有也。其称也，无以加乎习训诂之儒也。夫治国致平之术，不两得其人，则不能相通也；其人又寡矣，寡不称众，将谁使辨之？故君子不遇其时，则不如流俗之士声名章彻也；非徒如此，又为流俗之士所裁制焉。高下之分，贵贱之贾⑦，一由彼口，是以没齿穷年，不免于匹夫。昔荀卿生乎战国之际⑧，而有睿哲之才，祖述尧舜，

---

①《诗》：此指《诗经·郑风·山有扶苏》。 ② 扶苏：木名。 ③ 颠踬(zhì 至)：倾跌。 ④《书》：此指《尚书·益稷》。 ⑤ 股肱：原作"肱股"，据《尚书》正。堕：通"惰"，懈怠。 ⑥"欤"字原缺，据文义补。 ⑦ 贾：通"价"。 ⑧ 荀卿：即荀况(前313？—前238)，战国赵人，著名思想家。年五十始游学于齐，三为稷下祭酒，因遭谗而去齐适楚。

宪章文武，宗师仲尼，明拨乱之道，然而列国之君以为迂阔不达时变，终莫之肯用也。至于游说之士，谓其邪术[1]，率其徒党，而名震乎诸侯，所如之国，靡不尽礼郊迎，拥篲先驱，受爵赏、为上客者，不可胜数也。故名实之不相当也，其所从来尚矣[2]，何世无之？天下有道，然后斯物废矣。

【翻译】

帝王清晨出临朝廷，南面而听取天下的政务，将同谁一起处理大事？难道不是各位公、卿、士大夫吗？所以王公大臣是必须选取适合其任的人员的。

大臣是君王看物听事的眼睛、耳朵，是君王处理事情的手臂、大腿。以前的君王知道这个道理，所以广泛地寻求聪明睿哲的君子，把他们安排在高位上，让他们掌握国家的政教命令。执政大臣聪明睿哲，那么国家的各项事务就能展开；各项事务能够展开，那么其他的官员就能胜任工作；其他的官员都能胜任工作，那么各种事情就治理得很好；各种事情都治理得很好，那么天下的百姓就没有不得其所的。所以《尚书》说："国君圣明啊，大臣贤能啊，万事都安宁啊！"

---

① "谓其"句原注："一作讲其邪僻。" ② 尚：一作"久"。

所以，大臣是治理国家的重要人才，不能根据众人的赞美来提拔，而是应该由君王亲自去观察发现。众人的赞美，只可以使我们听说这个人而已。所以，尧知道舜这个人，是由于众人的赞誉；等到任用舜的时候，却是根据自己内心感觉到的东西。也有不根据众人的赞誉而获得重要贤人的，周文王恐怕就是这样的人吧！周文王在渭河边狩猎，在路上看到了姜太公，只见他头发斑白，正手持鱼竿钓鱼，文王召见并同他言谈，发现他是一位帝王的辅助之才，于是用车把他带回去，让他当太师。在这个时候，姜太公既贫穷又卑贱，年纪又老，没有尊贵显赫之人的推荐，然而他的言论确实正中贤明君王的下怀，他的谋略确实符合实现太平的道理。周文王得到了他，就像是灼然拨开云彩而见太阳，就像是忽然迷雾消散而见青天。这岂是依靠众人而可以得到的吗？不但圣明君主这样，即使是那些成就霸业的人也是如此。从前齐桓公早起出行，宁戚是一个客居他乡的人，睡在大车下面，敲打着牛角在唱歌，他的歌声悲凄激越，歌词愤世嫉俗。齐桓公知道他是一个不同寻常的人，就召见他，同他交谈，发现他是一个能建功立业的壮士，于是提拔而任用他，让他主持国家政事。

凡是圣明的君王任用人才，没有不通过自己的了解而仅仅根据众人之赞美的，根据众人的赞美任用人才，这就不是为了治理国家，而是为了沽名钓誉。自己亲眼看见他却不能了解，而只有依靠众人的赞誉作为验证。这叫做效法众人的赞誉，而不是效法获得贤能的人才。如果因为有众多的赞誉就是贤能的话，那么伯鲧就不会有被殛杀在羽山的灾难，尧也就不需要对舜进行长达九年之久的观察考验了。……

世上没有尧、舜，大道寝息了，邪说流行了，群臣诈伪了，民众困惑了。没有获得独到见解的聪明，专门信任众人的赞誉，不通过自己来观察，不通过事情来考验，又从哪里去获得才德超群的人呢？况且才德超众的人身处狭窄简陋的街巷，本来就不是凡夫俗子所能认识的。为什么？才德超群之人的行为，才华出众却含而不露，意不自安，像并无才能一样，不与时人争论是非，不同世俗辩解曲直，不夸耀名声，不拒绝批评，不慕求赞誉，他们的旨趣最恬淡，他们的外观最拙朴。既是这个样子，那么他又有什么地方异于常人呢？他与常人不同的是，内心能统摄各种理论而不错乱，智慧遍及各种事物而无过失，变故突然来临而不困惑，真伪纷然杂处而不迷乱。所以他得志的时候，国家政治就清明和谐，社稷就安定巩固，万民从而得到喜庆，百姓从而获得恩泽，四海之内同为一体。这确实不是凡俗之人所可预知的。要不然，才德超群的人又怎么能获得盛大显赫的声誉呢？那些盛大显赫的声誉，都体现在世俗的外表中，而不是直接相同于世俗的听闻。

君子当然不是这样的。从前管夷吾曾经三战三败，人们都说他不勇敢；与人分财物而自己要多的，人们都说他不廉洁；不为子纠去死难，人们都说他背信弃义。当时如果没有鲍叔牙的荐举，没有王霸之君的听任，宏伟的功业就不得立于人世，盛大的声名就不得传于后代，那就只能终身做一个低贱的人了。鲁国人看见孔子谦让不计较，也说他无能，并且创作歌谣讽刺他说："带着白色蔽膝，穿着羔羊皮服，抛弃他没罪过。穿着黑色皮服，带着白色蔽膝，抛弃他没罪孽。"圣人的德行，那么昭彰显明，崇高广博，理应容易为人所知晓，尚且如此，更何况贤人呢！

如此说来，世俗所不赞誉的，未必就不对；世俗所赞誉的，也未必就对。所以《诗经》说："山上有扶苏，低地有荷花。没有见到貌美的子都，却碰见了一个狂人。"说的就是漂亮的不漂亮，而丑陋的不丑陋，这也是由社会混乱造成的，政治清明的社会就不会这样了。衰乱时代的君王出生在混乱之时，寻求大臣，设置宰相，而相信世俗的说法，所以他们难以逃脱各国歌谣的讽刺。要与他们建立自然和顺的气氛，达到时世安定太平，禁绝灾祸混乱，制止怪异反常，无异于骑着磨穿铁蹄疲惫已极的马而攀登太行山的险径，是肯定要颠仆倾倒的。所以《尚书》说："股肱大臣懈怠啊，任何事情都要毁败啊！"说的就是这种情况。

"这么说来，君子就不为世俗所称道了吗？"

回答是：孝顺父母、敬爱兄长、忠诚不欺、讲究信用的称道是有的，而治理国家、实现太平的称道是没有的。况且对君子的称道，也不会超过那些熟习诂训名物的学者。治理国家、实现太平的谋略，不遇知己，就不能够互相理解。这样的人又少，寡不敌众，又让谁来分辨呢？君子生不逢时，那么就不如世俗之士的名声显著；不仅如此，君子还要受到世俗之士的裁制约束，才智高下的区分、待遇贵贱的安排，完全由他们说了算，所以穷尽终身，都难免充当一般的人。从前荀况出生于战国之时，而有聪明睿哲之才，师法尧、舜之道，效法周文王、周武王之行，以孔子为宗师，深明拨乱反正之道，但是各国的君王以为他不切实际、不通时变，终究没有人肯任用他。至于那些游说之人，宣扬他们的歪门邪道，率领他们的党徒，却名震诸侯，所到之国，没有不以最高礼节到郊外迎接，为他洒扫引导，接受官爵赏赐、引为贵客的，这类事多得数不胜数。所以名与实的不相符，由来已很久了，什么时代没有呢？天下政治清明，这种不公平的现象就不会再有了。

慎所从

徐幹认为，圣明的君王必须知道应当听从或拒绝什么样的言论和观点。仁德信义、忠诚不欺的，符合中正之道的，就应该听从；相反，奸恶邪僻、阿谀奉承的，违背正道的，就应当拒绝。所以，判断一个君王是否圣明，不看他是否听从或拒绝他人的言论、观点，而是看他听从或拒绝什么样的言论、观点。

言论有看似正确而不符合事实的，有看似很好而败坏大事的，有看似合理而违背正道的，只有圣明的君王才能作出正确的判断和选择。兼听则明、偏信则暗，面对多种方针策略，昏庸的君王选取的是能满足自己欲望的那一种，而圣明的君王选取的是能为自己带来福分的那些合理成分，所以，他们能够博采众长，扬弃己短，终于能够兼有天下。

夫人之所常称曰："明君舍己而从人，故其国治以安；暗君违人而专己，故其国乱以危。"乃一隅之偏说也，非大道之至论也。

凡安危之势，治乱之分，在乎知所从，不在乎必从人也。人君莫不有从人，然或危而不安者，失所从也；莫不有违人，然或治而不乱者，得所违也。若夫明君之所亲任也，皆贞良聪智，其言也，皆德义忠信，故从之则安，不从则危；暗君之所亲任也，皆佞邪愚惑，其言也，皆奸回谄谀，从之安得治，不从之安得乱乎？昔齐桓公从管仲而安，二世从赵高而危①；帝舜违四凶而治②，殷纣违三仁而乱③。故不知所从而好从人，不知所违而好违人，其败一也。孔子曰："知不可由，斯知所由矣。"

夫言或似是而非实，或似美而败事，或似顺而违道，

---

①"二世"句：秦二世胡亥，始皇少子，公元前210年至前207年在位。专任宦官赵高，暴虐无道，赋税烦苛，民不聊生，终于引起陈胜、吴广起义。 ②四凶：指不服从舜的四个部族首领，即浑敦、穷奇、梼杌、饕餮。 ③三仁：殷纣王的三位贤臣，即微子、箕子、比干。

此三者，非至明之君不能察也。燕昭王使乐毅伐齐①，取七十余城，莒与即墨未拔。昭王卒，惠王为太子时与毅不平，即墨守者田单纵反间于燕，使宣言曰："王已死，城之不拔者三耳②。乐毅与新王有隙，惧诛而不敢归，外以伐齐为名，实欲因齐人未附，故且缓即墨以待其事。齐人所惧，惟恐他将之来，即墨残矣。"惠王以为然，使骑劫代之，大为田单所破。此则似是而非实者也。燕相子之有宠于王③，欲专国政，人为之言于燕王哙曰："人谓尧贤者，以其让天下于许由也。许由不受，有让天下之名，而实不失天下。今王以国让于相子之，子之必不敢受。是尧与王同行也。"燕哙从之，其国大乱。此则似美而败事者也。齐景公欲废太子阳生而立庶子荼④，谓大夫陈乞曰："吾欲立荼，如何？"乞曰："所乐乎为君者，欲立则立之，不欲立则不立。君欲立之，则臣请立之。"于是立荼。此则似顺而违道者也。

且夫言画施于当时，事效在于后日。后日迟至，而当时速决也。故今巧者常胜，拙者常负，其势然也，此谓中主之听也。至于暗君，则不察辞之巧拙也，二策并陈，

---

①"燕昭"至"所破"：事详《史记·乐毅列传》。 ②城之不拔者三：据《史记·燕召公世家》为聊、莒、即墨。 ③"燕相"至"大乱"：事详《史记·燕召公世家》。 ④"齐景"至"立荼"：事详《公羊传·哀公六年》。荼：《公羊传》作"舍"，古音近相通。

而从其顺己之欲者;明君不察辞之巧拙也,二策并陈,而从其致己之福者。故高祖、光武能收群策之所长,弃群策之所短,以得四海之内,而立皇帝之号也。吴王夫差,楚怀王、襄王弃伍员、屈平之良谋①,收宰嚭、上官之谀言②,以失江、汉之地而丧宗庙之主。此二帝、三王者,亦有从人,亦有违人,然而成败殊驰,兴废异门者,见策与不见策耳!不知从人甚易,而见策甚难,夷考其验,斯为甚矣!

问曰:“夫人莫不好生而恶死,好乐而恶忧,然观其举措也,或去生而就死,或去乐而就忧。将好恶与人异乎?”

曰:非好恶与人异也,乃所以求生与求乐者,失其道也,譬如迷者欲南而反北也。今略举一验以言之。昔项羽既败③,为汉兵所追,乃谓其余骑曰:“吾起兵至今八

---

① 襄王:即顷襄王。“王”字原阙,据文例补。伍员:即伍子胥。夫差破越后,越请和,子胥谏不从,夫差听信谗言,迫子胥自杀。屈平:即屈原,楚怀王时任左徒、三闾大夫,主张联齐抗秦,遭人诬陷而被放逐。顷襄王时,再遭谗毁,谪于江南,投汨罗江而死。 ② 宰嚭:即伯嚭,吴王夫差时任太宰,故称。吴破越后,受越贿赂,劝夫差许越和,越得以休养生息,最后终于攻灭吴国。上官:上官大夫靳尚,怀王、顷襄王时佞臣,嫉贤妒能,谗毁屈原。 ③ 事详《史记·项羽本纪》。

年，身经七十余战，所击者服，遂霸天下。今而困于此，此天亡我，非战之罪也。”斯皆存亡所由，欲南反北者也。夫攻战，王者之末事也，非所以取天下也。王者之取天下也，有大本、有仁智之谓也。仁则万国怀之，智则英雄归之。御万国，揔英雄，以临四海，其谁与争？若夫攻城必拔，野战必克，将帅之事也。羽以小人之器，暗于帝王之教，谓取天下一由攻战，矜勇有力，诈虐无亲，贪啬专利，功勤不赏；有一范增[1]，既不能用，又从而疑之，至令愤气伤心，疽发而死；豪杰背叛，谋士违离，以至困穷，身为之虏。然犹不知所以失之，反瞋目溃围，斩将取旗，以明非战之罪，何其谬之甚欤？高祖数其十罪[2]，盖其大略耳！若夫纤介之失，世所不闻，其可数哉？

且乱君之未亡也，人不敢谏；及其亡也，人莫能穷。是以至死而不寤，亦何足怪哉！

【翻译】

人们常说：“圣明的君王放弃己见而听从他人，所以

① 范增（前277—前204）：秦末居巢人。年七十，辅佐项羽霸诸侯，项羽尊之为亚父。屡劝项羽杀刘邦而项羽不听。后项羽中刘邦反间计，怀疑范增有二心，逐渐削夺他的权力，致使其愤恨而去，途中疽发背死。事详《史记·项羽本纪》。

② 事详《史记·高祖本纪》。

他的国家政治清明、社会安定；昏庸的君王不听从他人而固执己见，所以他的国家政治混乱、动荡不安。”这是一种片面的说法，而不是符合正道的至论。

社会安宁与动荡的情势、政治清明与混乱的分界，在于知道应该听从什么，而不在于必须听从他人。君王没有绝对不听从他人意见的，但是有的却造成社会的动荡不安，这是因为他所听从的意见不合适；君王也没有完全不拒绝他人的意见的，但是有的却能使社会安定不乱，这是因为他知道拒绝什么样的意见。圣明君王所亲近信任的都是坚贞、贤能、聪明睿智的人，他们的言论都是仁德、信义、忠诚之类，所以听从就安宁，不听从就动荡；昏庸君王亲近信任的都是奸佞邪恶，愚昧无知的人，他们的言论都是奸恶邪僻、阿谀奉承之论，听从这样的言论怎么能够使社会安定，不听从又怎么会使社会混乱？从前齐桓公听从管仲从而使齐国安宁，秦二世听从赵高却使秦朝危亡；虞舜不听从“四凶”而致治，殷纣王不听从“三仁”而混乱。因此，不知该听从什么而喜爱听从他人的意见，与不知该拒绝什么而喜爱拒绝他人意见，其失败的结果是一样的。孔子说：“知道什么东西不可遵循，这也就知道什么东西可以遵循了。”

言论有的看似正确却不符合事实，有的看似很好而败坏事情，有的看似合理而违背正道。这三种情况，不是最圣明的君王是不能明察的。燕昭王让乐毅攻打齐国,攻克占领了七十多个城邑,只有莒县和即墨城没有攻克。燕昭王死后,惠王即位。由于惠王做太子时与乐毅关系不好,即墨的守卫者田单就派人到燕国去行使反间计,让他们在燕国散布言论说:“燕昭王已经死了,城邑没有攻取的只剩莒县和即墨了。乐毅与新国君有怨恨,害怕被杀而不敢回国,表面上以攻打齐国为名,实际上是想利用齐国的没有归附,所以特意缓攻即墨以等待时机。齐国人所害怕的,只是害怕让其他的将领来统领,那样的话,即墨就要攻陷了。”燕惠王信以为真,让骑劫取代乐毅,结果为田单所大破。这就是看似正确却不符合事实的言论。燕国的宰相子之深受燕王哙的宠幸,想独揽国政,有人为他对燕王哙说:“人们说尧贤明,是因为他要把天下让给许由。而许由不接受,尧获得了让天下的美名,而实际上又没有失去天下。如今大王您把国家让给宰相子之,子之肯定不敢接受。这样的话,大王您就与尧有同样的行为了。”燕王哙听从了,结果使得燕国大乱。这就是看似很好而败坏事情的言论。齐景公想废除太子阳生而立庶子荼,对大夫陈乞说:“我想立荼为太子,你看怎么样?”陈乞回答说:“人们之所以愿意当国君,就是因为国君的权力至高无上,想立谁就立谁,不想立就不立。国君您想立荼为太子,那么我就请您立荼为太子。”于是废除阳生而立荼。这就是看似合理而违背正道的言论。

况且言语谋划施于当时，而事情的成效却在以后才能见到。以后很晚才能见到成效，而当时却要很快作出决定，所以如今巧于言谈的人常常获胜，朴拙的则常常失败，这是势所必然的。这叫做迎合君王的听觉。那些昏庸的君王，他们不审察言辞的乖巧、朴拙，两种谋略摆在面前，总是选取能够满足自己欲望的那一种；圣明的君王不审察言辞的乖巧、朴拙，两种谋略摆在面前，总是选取能为自己带来福分的那一些合理成分。所以汉高祖、光武帝能够博采各种谋略的长处，扬弃它们的短处，所以能够兼有天下而成为皇帝；吴王夫差、楚怀王、楚襄王抛弃伍员、屈原的良好计谋，听取太宰嚭、上官大夫的阿谀奉承之语，以致失去了长江、汉水一带的土地，而丧失了宗庙的祖宗牌位。这两位皇帝、三位国君，都是既有听取他人意见的，又有拒绝他人意见的，但是他们的成败截然相反，兴亡完全不同，原因就在于有的吸收了良好的谋略而有的不见良好的谋略。不知道听从他人的意见很容易，而发现良好的谋略却很难。考察它的应验的效果，是很明显的！

有人问道：“人们没有不喜爱生命而厌恶死去、喜爱欢乐而厌恶忧伤的，但是看他们的举动，却是有的舍弃生命而走向死亡，有的离开欢乐而靠近忧伤。这难道是他们的好恶与别人不同吗？”

我的回答是：不是他们的好恶与别人不同，而是他们追求生命和追求欢乐的方法，不符合正道，就像是迷失方向的人想往南去却朝北走。现在我简单地举一个例子来说明这个道理。从前项羽已败北，被高祖刘邦的部队追上，竟对剩下的骑兵说：“我起兵抗秦至今八年，亲身经历了七十多次战役，被我攻击的无一不归服，于是称霸天下。如今被围困在这里，这是苍天要灭我，而不是战争的罪过。”把这都看作是存亡的原因，这就是想往南却朝北走了。因为攻城野战，是君王不关根本的小事，而不是取得天下的必备条件，君王取得天下的必备条件，说的是要有厚实的基础、要有仁爱和谋略。能仁爱就会使万国向往，有智慧就能使英雄来归。能驾驭万国，会总英雄，以统领四海，又有谁能同他抗衡？至于攻打城池必定拔取，田野作战必定取胜，这是将帅的任务。项羽以小人的度量，不明帝王的教化，以为夺取天下可以完全凭借攻打作战，自恃勇武有力，欺诈暴虐无人敢亲近，贪婪吝啬专权擅利，劳苦功高而不加赏赐；有一个范增，已经不能重用，接着又怀疑他，致使范增愤恨伤心，背生毒疮而死；英雄豪杰背叛，谋划之士远离，直至窘困穷迫，为高祖所围困，但还不知自己失去天下的原因，反而怒睁眼睛突破包围，斩敌将夺敌旗，用来说明不是作战的过错，他怎么竟荒谬到这个程度呢？高祖数落他十条罪状，乃是取其大概而已，至于那些细小的过失，世上不得而知，难道是数得清的吗？

况且，乱世之君在尚未败亡的时候，人们不敢谏诤；等到他败亡了，人们又不能寻根究源，所以直到身死而不能醒悟，又有什么值得奇怪的呢！

亡　国

徐幹认为，亡国之君不是朝廷上没有贤臣，也不是府库里没有先王的典籍，而是不能够重用贤人，不能执行先王的法律，酿成身死和社稷颠覆的后果。

为什么贤明的人在身边却不被重用呢？原因就在于贤明的人不像美丽的嫔妃可以悦目，不像华美的服装可以穿着，不像美酒佳肴可以享用；他们唯一的资本就是过人的才智谋略，昏庸的君王舍此而不用，那么贤明者就与平常之人无别了。

贤明之士敬仰的是圣明的君王，如果遇不上明君他们宁愿穷困潦倒，也不苟且迎合，贪图荣华富贵。所以，君王如果修治其道德仁义，昭彰他的美好名声，贤明的人就会像水流一样归向他，为他出谋划策，富国强兵。相反，如果君王凶残暴虐，美誉不闻，独断专行，滥杀无辜，贤明的人就会离他而去，即使用严峻的刑罚、残酷的杀戮来胁迫威吓也不起作用。

凡亡国之君，其朝未尝无致治之臣也，其府未尝无先王之书也，然而不免乎亡者，何也？其贤不用，其法不行也。苟书法而不行其事，爵贤而不用其道，则法无异乎路说，而贤无异乎木主也。昔桀奔南巢①，纣踣于京②，厉流于彘③，幽灭于戏④，当是时也，三后之典尚在，良谋之臣犹存也。下及春秋之世，楚有伍举、左史倚相、右尹子革、白公子张而灵王丧师⑤，卫有太叔仪、公子鱄、蘧伯玉、史鳝而献公出奔⑥，晋有赵宣子、范武子、太史董

① 南巢：今安徽巢湖。 ② 踣(bó 勃)：跌倒。京：指殷王的京城。 ③ 厉：指周厉王。彘(zhì 至)：今山西霍州东北。 ④ 戏：今陕西临潼东北戏水西岸。 ⑤ 左史：官名，负责记录君王的行动。右尹：官名，负责统率右军。 ⑥ 鱄：音专(zhuān)。蘧：音渠(qú)。鳝：音求(qiú)。

狐而灵公被杀①，鲁有子家羁、叔孙婼而昭公野死，齐有晏平仲、南史氏而庄公不免②，虞、虢有宫之奇、舟之侨而二公绝祀。由是观之，苟不用贤，虽有，无益也。然此数国者，皆先君旧臣、世禄之士，非远求也，乃有远求而不用之者。昔齐宣王立稷下之官③，设大夫之号，招致贤人而尊宠之，自孟轲之徒皆游于齐；楚春申君亦好宾客④，敬待豪杰，四方并集，食客盈馆，且聘荀卿置诸兰陵⑤。然齐不益强，黄歇遇难，不用故也。

夫远求贤而不用之，何哉？贤者之为物也，非若美嫔丽妾之可观于目也，非若端冕带裳之可加于身也，非若嘉肴庶羞之可实于口也；将以言策，策不用，虽多亦奚以为？若欲备百僚之名，而不问道德之实，则莫若铸金为人而列于朝也，且无食禄之费矣。然彼亦知有马必待乘之而后致远，有医必待行之而后愈疾。至于有贤，则

---

① 赵宣子：即赵盾，晋正卿。范武子：即士会，晋大夫。太史：官名，掌记载史事、编写史书等。 ② 晏平仲：即晏婴，齐大夫。 ③ 齐宣王：原作“齐桓公”，据《史记·田敬仲完世家》改正。稷下之官：齐宣王喜欢文学游说之士，于都城临淄稷门设馆，招邹衍、淳于髡等七十六人，赐第，为大夫，不治事而专事议论。 ④ 春申君：即黄歇（？—前238），战国楚人。考烈王时为相，封春申君。喜养宾客，食客三千余人。考烈王死，为李园所杀。 ⑤ 兰陵：今山东苍山西南。

不知必待用之而后兴治者，何哉？贤者难知欤？何以远求之？易知欤？何以不能用也？岂为寡不足用，欲先益之欤？此又惑之甚也。

贤者称于人也，非以为力也。力者必须多，而知者不待众也，故王□七万而辅佐六卿也。故舜有臣五人而天下治，周有乱臣十人而四海服，此非用寡之验欤？

且六国之君，虽不用贤，及其致之也[1]，犹修礼尽意，不敢侮慢也。至于王莽[2]，既不能用，及其致也，尚不能言。莽之为人也，内实奸邪，外慕古义，亦聘求名儒，征命术士。政烦教虐，无以致之，于是胁之以峻刑，威之以重戮，贤者恐惧，莫敢不至。徒张设虚名，以夸海内，莽亦卒以灭亡。且莽之爵人，其实囚之也。囚人者，非必著之桎梏而置之囹圄之谓也，拘系之，愁忧之之谓也。使在朝之人欲进则不得陈其谋，欲退则不得安其身，是则以纶组为绳索，以印佩为钳铁也[3]，小人虽乐之，君子则以为辱。故明王之得贤也，得其心也，非谓得其躯也。

---

① 之：原作“人”，据《群书治要》改正。 ② 王莽（前45—23）：字巨君，汉元城人。汉平帝九岁而立，时王莽为大司马，开始专任国事。平帝死，立孺子婴，摄行国政，三年乃篡权，立国号曰新，纷事改革，独断专行，法律苛细，赋役繁重，民不聊生，各地民众纷纷起义，终为义军所杀。 ③ “以印”句：一作“以印绶为钳铁也”。

苟得其躯而不论其心也，斯与笼鸟、槛兽无以异也，则贤者之于我也，亦犹怨仇也，岂为我用哉？虽日班万钟之禄，将何益欤？故苟得其心，万里犹近；苟失其心，同衾为远。今不修所以得贤者之心，而务循所以执贤者之身，至于社稷颠覆，宗庙废绝，岂不哀哉？

荀子曰[①]："人主之患，不在乎不言用贤[②]，而在乎不诚必用贤[③]。夫言用贤者[④]，口也；却贤者[⑤]，行也，口行相反，而欲贤者进，不肖者退，不亦难乎！夫照蝉者务明其火振其树而已[⑥]，火不明，虽振其树，无益也。人主有能明其德者，则天下其归之若蝉之归明火也[⑦]。"善哉，言乎！昔伊尹在田亩之中，以乐尧舜之道，闻成汤作兴，而自夏如商；太公避纣之恶，居于东海之滨，闻文王作兴，亦自商如周；其次则宁戚如齐，百里奚入秦[⑧]，范蠡如

---

① 语见《荀子·致士》，文字小有出入。 ② 不言：原作"言不"，据《荀子》改正。 ③ 不诚必用贤：原作"诚不用贤"，据《荀子》补正。 ④ "夫言"句，原作"言贤者"，据《荀子》补正。 ⑤ 却：原作"知"，据《荀子》改正。 ⑥ 照：《荀子》作"耀"。 ⑦ "明"字原缺，据《荀子》补。 ⑧ 百里奚：虞大夫。晋灭虞时被虏，将以为秦穆公夫人陪嫁之臣，百里奚以为耻，逃至宛，为楚所执。秦穆公闻其贤，用五羖羊皮赎之，后委以国政，助成霸业。

越①，乐毅游燕。

故人君苟修其道义，昭其德音，慎其威仪，审其教令，刑无颇僻，狱无放残，仁爱普殷，惠泽流播，百官乐职，万民得所，则贤者仰之如天地，爱之如亲戚，乐之如埙篪②，歆之如兰芳③。故其归我也，犹决壅导滞水注之大壑④，何不至之有？

苟粗秽暴虐，馨香不登，谗邪在侧，佞媚充朝，杀戮不辜，刑罚滥害，宫室崇侈，妻妾无度，撞钟舞女，淫乐日纵，赋税繁多，财力匮竭，百姓冻饿，死殍盈野⑤，矜己自得，谏者被诛，内外震骇，远近怨悲，则贤者之视我，容貌也如魍魉，台殿也如狴犴⑥，采服也如衰绖⑦，絃歌也如号哭，酒醴也如滫涤⑧，肴馔也如粪土，从事举错，每无一善。彼之恶我也如是，其肯至哉？

今不务明其义而徒设其禄，可以获小人，难以得君

---

① 范蠡(lí 离)：本为楚国宛人，假装疯狂不肯出仕。后仕越为大夫，辅佐越王勾践卧薪尝胆，刻苦图强，终于攻灭吴国。 ② 埙篪(xūn chí 勋池)：两种古乐器。埙，土制；篪，竹制。这里泛指音乐。 ③ 歆(xīn 欣)：鼻嗅，口吸。 ④ “水”字为衍文。 ⑤ 殍(piǎo 飘上声)：饿死的人。 ⑥ 狴犴(bì àn 闭暗)：监狱。 ⑦ 衰绖(cuī dié 催迭)：古代的丧服。 ⑧ 滫(xiǔ 朽)：臭水。涤：俞樾《诸子平议补录》卷十谓当是“溲”字之误，小便。

子。君子者，行不媮合，立不易方，不以天下枉道，不以乐生害仁，安可以禄诱哉？虽强搏执之而不获已，亦杜口佯愚，苟免不暇，国之安危，将何赖焉？故《诗》曰①：“威仪卒迷，善人载尸。”此之谓也。

【翻译】

亡国的君王，他的朝廷上不是没有善于治国的贤臣，他的府里不是没有先王的典籍，但是避免不了灭亡的结局，是什么原因呢？原因就是贤人不被重用，法律不能执行。假如制定了法律而不据以行事，任命了贤人而不实行他的智谋，那么法律就与街谈巷议无别，贤人就与木制牌位一样了。

从前夏桀逃亡到南巢，殷纣颠仆在京城，周厉王被流放到彘地，周幽王灭亡在戏。在那个时候，夏禹、成汤、文王的典籍还留存，高明谋略的臣下还存在，到了春秋时代，楚国有大夫伍举、左史倚相、右尹子革、白公子张而灵王丧失民心；卫国有太叔仪、公子鲊、蘧伯玉、史鳝而献公奔逃于齐；晋国有赵宣子、范武子、太史董狐而灵公被人杀害；鲁国有子家羁、叔孙婼而昭公死于郊野；齐国有晏平仲，南史氏而庄公不免于难；虞国、虢国有宫

① 《诗》：此指《诗经·大雅·板》。

之奇、舟之侨而虞公、虢公断绝了祭祀。

由此看来，假如不去任用贤人，即使有贤人也是没有用处的。但是，这几个国家的贤人，都是先前君王的旧臣，是世代享有禄位的人，而不是从远处寻求来的，还有从远处寻求了来而不加重用的。从前齐宣王营建稷下学官，设立大夫的称号，招引四面八方的贤人而敬重宠爱他们，孟轲等人都到齐国去讲学；楚国的春申君也喜爱宾客，敬重款待英雄豪杰，四方云集，门客满堂，还聘请荀况安置在兰陵；但是齐国没有因此更加强大，春申君黄歇不免于死难，这都是不任用贤者的缘故。

从远方广求贤人而不任用他们，是什么原因呢？原因就在于贤明的人，不像美丽的嫔妾可以由眼睛看得到，不像华美的冠冕衣裳可以穿在身上，不像美味适口的饭食可以吃到嘴里；他们唯一的东西就是发表他们的谋略，谋略不被重用，尽管很多又有什么用呢？假若只想着享有设置百官的名声，而不管道德好坏的实际情况，那么还不如铸造金属为人排列在朝廷上，那还不需俸禄的耗费呢。然而，他们也知道骏马必得有人骑上然后才能到远方去，良医必得让他治疗然后疾病才能痊愈。对于有贤明的人，却不知道必得任用他然后才能使国家清明安定，这是为什么呢？是贤明的人难以了解吗？那又为什么到远方去寻求呢？是容易了解吗？那又为什么不能任用呢？难道是因为太少不够用，而想先增多吗？这又太使人迷惑了。

贤明的人为人们所称道，不是凭借他们的力量。力量必须强大，而智慧却不必人众。所以君王统领七万民众，而辅佐的只有六卿。因此，舜有五个大臣而天下大治，周武王有十个贤明的大臣而四海归服，这不是任用少数贤人而取得成功的证明吗？

况且，山东六国的君王，尽管不任用贤人，在贤人到来的时候，还是能敬修礼仪尽心尽意，不敢欺侮怠慢。至于王莽，既不能任用贤人，等贤人来到的时候，还不能让他们倾吐心曲。王莽的为人，内心里实在是奸诈邪恶，外表上却仰慕古人立身行事的道理，也聘求著名的学者，征召有技艺的人。因为政教命令苛烦暴虐，没法招致贤人，于是用严峻的刑法来胁迫，用残酷的杀戮来威吓，贤明的人恐惧，不敢不到。只是空有招引贤人的名声，以夸耀四海之内，王莽也终于灭亡。再说，王莽封人官爵，其实是囚禁他们。囚禁人，不一定是说给人加上刑具然后把他关在牢狱里，而是说拘禁捆绑他的身体，使他的心灵愁闷困苦。使在朝廷的人想进谏却不能够陈述他的智谋，想退却没有地方能够安置他的身体，这就是以丝带为绳索、以印章玉佩为镣铐，小人虽然喜爱这样，君子却是感到耻辱。所以圣明的君王获得贤人，指的是获得了他的内心，而不是说获得他的身躯。假如获得了他的身躯而不管他的内心，这就与笼中的鸟儿、槛中野兽没有什么两样，那么贤人对我，也像是怨仇一样，哪能为我所用呢？即使每天颁发给万钟之多的俸禄，又有什么用呢？因此，假如获得了他的心，虽然相隔万里，还像近在眼前；假如失去了他的心，即使同被而眠，仍似远在天边。如今不讲求获得贤人内心的方法，而定要致力于囚禁贤人的身躯，直至国家颠覆、宗庙绝祀，岂不是太可悲了吗？

荀子说："君王的毛病，不在于不说任用贤人，而在于不能真诚坚定地任用贤人。说任用贤人的，是口；拒绝贤人的，是行动。言行相反，而指望贤人来到，不贤的人离去，不也太难了吗？点燃火堆吸引知了的人，必须做的只是烧旺火并摇动树而已。火不明亮，即使摇动树，仍没有用处。君王如能昭明他的德行，那么普天之下的贤人归向他就会像知了归向旺盛的火堆。"这番话说的多么好啊。从前伊尹在田野之中，因为悦服尧舜之道，听说成汤兴起，所以从夏来到商；姜太公逃避殷纣王的暴虐，隐居在东海边上，听说周文王兴起，亦从商来到周，其次则有宁戚来到齐国，百里奚来到秦国，范蠡来到越国，乐毅来到燕国。

所以，假如君王修治他的道德仁义，昭彰他的美好名声，谨慎他的容貌举止，审慎他的政教命令；刑法没有偏邪不正，牢狱没有恣纵残酷；仁厚慈爱普遍而盛大，恩惠德泽流传远方；各级官员乐居其位，平民百姓各得其所；那么，贤明的人就会像敬仰天地那样敬仰他，像敬爱父母那样敬爱他，像喜爱音乐那样喜爱他，像嗅闻兰花的芬芳那样欣赏他。所以，他归向君王，就像是除去水道的壅塞、疏导河渠的阻滞，使水流注入大河之中，又怎么会不来呢？

相反，假如君王粗恶暴虐，美誉不闻；谗谀邪僻之人在他身边，奸佞献媚之人充斥朝廷；杀戮无辜，刑罚无度；宫室高峻侈靡，妻妾充盈后宫；击钟鸣乐，歌女曼舞，靡靡之音，日益放纵；赋税名目繁多，财力匮乏竭尽；百姓忍冻挨饿，死尸遍野；骄傲狂妄，自以为是；谏诤的人被杀害，朝廷内外无不震动惊骇，远近之人都是怨声载道。那么，贤明的人看我的容貌，就像是妖魅鬼怪；看我的楼台宫殿，就像是监牢；五彩礼服，就像是居丧之服；音乐演唱，就像是号咷哭泣；美酒甘醴，就像是臭水小便；佳肴美食，就像是粪便污泥；所作之事与一举一动，几乎没有一件看得上。他厌恶我竟到了这样的程度，难道还会来吗？

如今不致力于修明仁义而空设高官厚禄，只可以此获得小人，却难以获得君子。君子，做事不迎合人意，立身不改变正直，不因天下之人的喜好而改变正道，也不因为保全生命而伤害仁德，怎么可以用高官厚禄去诱惑他呢？即使勉强生拉硬拽把他牵制住而使他不得脱身，他也会闭口不语假装愚笨，随随便便以求免遭不幸。国家的安危，又依赖什么呢？所以《诗经》说："威严和仪止都已丧失，善良的人如死尸一般。"说的就是这个意思。

《古代文史名著选译丛书》编纂始末①

马樟根　安平秋

今年1月,《古代文史名著选译丛书》已经出到100种101册(其中《史记》为2册)。4月份,最后的33种也已交稿。这样,全书133种即将呈献在读者面前。② 一项服务当前、造福子孙的普及优秀古代文化、进行爱国教育的大工程将宣告完工了。回想

---

①《古代文史名著选译丛书》由全国高校古籍整理研究工作委员会主持,古委会直接联系的18个古籍整理研究所为主要承担机构,章培恒、安平秋、马樟根任主编。本文于1992年4月,在《中国典籍与文化》杂志发表时题目是《衣带渐宽终不悔——〈古代文史名著选译丛书〉编纂始末》。这次将此文作为2011年修订版附录时,去掉原正标题,以原副标题为正式题目。 ② 至1994年4月最后定稿时,全书为135部。2011年修订版出版时,全书为134部。

这一套丛书动员18所院校，投入100余人，从1985年筹划，1986年起步，到今天已度过了六七年的岁月，个中甘辛令人难以忘怀。

一、北大·苏州·北大

——酝酿与筹划

编纂这样一套丛书，起因于1981年7月。当时陈云同志派人到北京大学召开了小型座谈会。来人告诉与会人员陈云同志最近在考虑两个问题：一个是粮食，一个是古籍整理。对古籍整理，特别讲到陈云同志说："整理古籍，为了让更多的人看得懂，仅作标点、注释、校勘、训诂还不够，要有今译，争取做到能读报纸的人多数都能看懂。有了今译，年轻人看得懂，觉得有意思，才会有兴趣去阅读。今译要经过选择，要列出一个精选的古籍今译的目录，不要贪多。"这就是后来收入《陈云文选》的那段话。1981年9月，中共中央关于整理我国古籍的文件中一字不差地强调了这段话。1983年，教育部成立了全国高校古籍整理研究工作委员会（简称古委会）。古委会主任周林同志根据中央和陈云同志意见，提出了组织力量今译古籍。但在当时，经过"文革”后的古籍整理工作百废待兴，加之一些学者对今译重要性的认识远非今日之深，这一工作一拖便是两年。

1985年5月，全国高校古委会在苏州召开了一届二次会议。周林同志在会上作了“人才培养和古代文化遗产普及问题”的专题发言，他分析了“解放三十多年来，由于‘左’的路线干扰，特别是‘文化大革命’，几乎使我们的民族文化到了中断的边缘，出现了对古代文化知之不多，或知之甚少的状况”，要教育界的同志“做好普及古代文化知识的工作”，搞好古籍的今注今译就是其中的一项重要任务，“高校古委会要在这方面多下功夫”，“高校古籍研究所无疑应担负起这个任务”。他针对当时一些人轻视古籍的今注今译思想，呼吁“我们对于选本、今译等有利于教育普及的东西，应承认它的学术价值”，“《昭明文选》、《唐诗三百首》、《古文观止》等是地道的选本，流传几百年，发生那么大的影响，能说没有水平？”“专家们深入浅出的在对古文献研究基础上的译注，对普及古代优秀文化作出重大贡献，算不算高水平的成果呢？”“古文既要译得恰当、准确，又要通畅易懂，难度是很大的”，“为了社会主义精神文明建设，古籍整理这方面也要作出应有的贡献”。一石激浪，沉寂了几年的今译古籍的话题又重新活跃起来。会上作了一番认真讨论。

经过这样的酝酿，1985 年 7 月，全国高校古委会科研项目评审组的专家们聚集在北京大学勺园，筹划编纂一套古籍今译的精选本。初步定名为《古籍今译丛书》，议定了收书范围、内容，开列了 65 种书的选目。并决定由科研项目专家评审组召集人、复旦大学古籍所所长章培恒教授和参加过陈云同志在北大召开座谈会、当时古委会主管科研工作的副秘书长安平秋同志共同负责，与秘书处同志一起具体筹划。经几个月的筹备，决定由古委会直接联系的 18 个高校古籍研究所承担这一工作，组成编委会，并开列出 89 种书的选目，对选译的进度、规划亦作了设计。此时，几家出版社闻讯而至，表示愿意出版这套丛书。最早与我们联系的巴蜀书社的段文桂社长以其强烈的事业心和对古籍今译的高度重视感动了我们，于是决定邀请巴蜀书社编辑参加第一次编委会议。

二、从柳浪闻莺到桂子山上

——第一批书稿的产生

第一次编委会于 1986 年 5 月在杭州柳莺宾馆

召开。宾馆因位于西湖十景之一的柳浪闻莺而得名。全国高校18个研究所的24名学者和有关人员聚集在这风景胜地,无心观柳,亦无从闻莺,紧张地工作了三天。会上确定了这套普及读物的读者对象是具有中等以上文化程度的广大群众,收书范围是中国历代文史名著,在名著之中选精。所选书目,在原拟89种基础上,调整为116种,以形成系统性。书中选篇之下分提示、原文、今译、注释四部分,以译文为主,书前有一前言,书中加入必要的插图。每一种书约10—15万字。书名确定为《古代文史名著选译丛书》。即由到会的24位学者组成丛书编委会①,由章培恒、马樟根、安平秋三人任主编。于是,编委会立即分成三个工作小组,在会上分头拟出丛书《凡例》、《编写、审稿要求》和《文稿书写格式》,经讨论修改而形成了正式文字以供遵循。在

① 编委会成员按姓氏笔划排列为:
马樟根　平慧善　安平秋　刘烈茂　许嘉璐　李国祥
金开诚　周勋初　宗福邦　段文桂　董治安　倪其心
黄永年　章培恒　曾枣庄(以上为常务编委)
王达津　吕绍纲　刘仁清　刘乾先　李运益　杨金鼎
曹亦冰　常绍温　裴汝诚(以上为编委)

自报的前提下，会上确定了由18个研究所承担前40部书的今译任务，要求当年年底完成。古委会主任、丛书顾问周林同志对编委会的认真精神、紧张工作和显著效率十分赞赏，他说："有这样一个编委会，有这样一个阵容来做选译，使中国历史文化不成为专属于少数人的知识，使能看报纸的人都读懂自己民族的名著，从而树立爱国主义、建设有民族特色的精神文明，其意义之深远将会在今后愈益显露出来。"于是，有1000余万字的大工程便从这里开始了。

当年年底各研究所的今译书稿经作者完成后，由在该所的编委审改，到1987年5月和7月，先后在复旦大学、北京大学两次召开编委审稿会。这种审稿会，说是审稿，实际上是边审边改，字斟句酌，每部书稿必须经一位编委、一位常务编委审改把关，经过这样两道工序，汇总到主编手中，40部书稿通过了25部。其中部分书稿赶印了样稿征求意见。于是周林同志于7月6日在北大临湖轩邀请了在京十几位专家与正在审稿的编委一起研究样稿，探讨如何提高这套今译丛书的质量。

根据编委审稿发现的问题和在京专家们的意

见，从书亟需在已定体例的框架中条列细则；而出版单位巴蜀书社又希望所出版的第一批书为50种以便形成格局，需要布置各研究所承担新的今译任务。这样，1987年10月在华中师范大学再次召开了编委会，又请了詹锳、周振甫、刘乃和、郭预衡等先生到会指导。

这次编委会是在审看了40部书稿后，发现了一大批问题亟待解决，又是在需要布置下一步任务的状况下召开的，是一次承上启下的编委会。会议初期人们的心情和会上的气氛都带有一股子严峻与急切。会议从5日到8日开了三天半。但是在4日晚上开预备会的时候，主编章培恒先生尚未到会，亦无他是否已从上海出发的信息。5日上午就要开会了，主编不到怎么行呢？5日一早，我们还在沉睡之中，忽听有人敲门，进来的竟是章培恒！一向风神儒雅、衣装考究的章培恒先生，此时却是一身尘灰、满脸疲惫地站在我们面前。原来他从上海出发前，未能买到机票或船票，而上海到武汉又没有直达火车，只好先从上海坐火车到长沙，为了不误5日上午开会，他只好买了一张无座票，夜间从长沙出发一直站到武昌。一向走路辨不清方向的章培恒竟然在夜色未退之前一人从车站摸到了华中师大专家楼，也算是奇迹。

这次编委会，从体例的具体要求、书中选篇是否合适、每篇中的提示如何写、注释的繁简和语言的通俗性，到今译的信达雅如何把握，例如李白的“床前明月光，疑是地上霜，举头望明月，低头思故乡”这样通俗的诗是否要翻译，在在都有热烈的争论。感谢编委们的努力和学术判断力，最后终于形成了一个《细则》，一切争论都统一在这个《细则》之上。编委们在思想明确、分得新的任务之后，显出了少有的轻松与喜悦。会议结束正逢中秋节，华中师大的专家楼坐落在武昌桂子山上。入夜，桂子山上举行了赏月茶会，几张方桌，围坐着全体编委和特邀到会专家。天上明月如盘，清辉洒地，眼前桂树葱茏，桂花飘香，华中师大古籍研究所的青年们活跃席间，引得王达津先生即席赋诗，刘乃和先生清唱京戏。这气氛预示着《古代文史名著选译丛书》克服了当前的困难，第一批50种书稿有如母腹中的胎儿，快要降生了。

三、华清池畔的愁云与人民大会堂的欢欣

——第一批书出版的柳暗花明

1988年10月，编委们再一次聚会，审定第一批

50种中的最后十几部书稿、修改第二批50种中的大量书稿。这次审稿是在“东枕华山、西拒咸阳”的骊山脚下、华清池滨的一家招待所。这里古朴而不豪华，食宿低廉却又实惠，审稿之余，左近有风景可观，有古迹可寻，房内有43℃的温汤沐浴，编委们平日在校教学、科研工作劳累而生活清苦，如今有这样的环境与条件，感到少有的惬意。我们作为主编觉得这也是对编委们两年来辛勤编书的一点补偿。但这种适意之感很快就被两件事所驱散。一件事是书稿的质量。几十部书稿交来，一经审看，从注译到体例完全合格的只有寥寥可数的三四部，余下的，或需小改，或需大改，或根本不合格需退回重作。另一件事是出版发行成了问题。到会的巴蜀书社副社长黄葵同志向大家通报了即将印出的16本书征订情况，最多的为2000册，且只有一种，其他的只有800册、600册，甚至还有200余册。征订不佳，销路不畅，出书要赔钱，出版社为难，编委们又无计可施。此时哪还有心思去观赏“骊山云树郁苍苍，历尽周秦与汉唐”？也无心绪登上骊山，在烽火台前怀古。且正值“楼台八月凉”的节令，只有华清池畔秋雨飘零，秋风瑟瑟，落叶满地，不禁愁从中来。

愁则愁，还得面对现实。书稿质量不高，靠到会近20位编委十余天的逐字逐句修改，终于改定合格17部。至于出版发行问题，巴蜀书社的朋友费心经营，重新设计了封面，改进装帧，将第一批50种装成一个大礼品盒，成盒出售。从中又得到了国家新闻出版署、四川省出版局、国家教委有关司局和各省市教委的大力支持与帮助，发行面得以扩大，到了1990年下半年，首印的17000套书销售已尽，而问讯、索购者不绝，出版社决定再印30000套以供读者需要。中央领导了解到这套丛书受到读者欢迎，欣然为丛书题辞，江泽民总书记的题辞是"做好我国古代文史名著的传播普及工作，使其古为今用，以发扬爱国主义精神"，李鹏总理的题辞是"弘扬民族优秀文化，激励爱国主义精神"。李瑞环同志也为丛书题了辞。

1990年8月22日在北京人民大会堂召开了《古代文史名著选译丛书》出版座谈会。国家领导人李铁映、胡乔木、李德生、陈丕显、廖汉生、王汉斌、王光英出席，古委会主任周林同志主持会议，到会各阶层代表在发言中从不同角度肯定了这套书对促进青少年了解历史、了解国情、了解中华民族优秀传统文化、进行爱国主义教育的作用。时值盛夏，却逢喜雨，洗却了编委和出版社同志心中的忧虑，参加大会堂座谈会的13名常务编委会后又聚集在北京大学讨论深入认识编纂这套丛书的重大意义，研究审改好第二批书稿的具体措施。

四、从舜耕山庄耕作到乐山脚下

——第二批书稿审定之艰辛

第二批书稿50种50册，是1987年10月布置的。1988年10月在西安审改合格的17部书稿都已放入第一批中以替换原已通过的第一批中质量较差的书稿。这样，第二批书稿当时余下的已完成的有20余部，却都不合格，只能要求译注者和编委再行修改。一年之后，编委会汇总来重新改好和新译注交来的第二批书稿44部，1989年10月于济南千佛山下的舜耕山庄召开了常务编委审稿会。

这次审稿，发现的问题较多。有的选目不当，如有的史书重要人物的传不选却选入无关紧要而又无学习价值的人物传，有的名家的文章名篇不选却选入既无文学价值又无借鉴意义的篇章。有的选译所依据的底本不当，舍弃现有的精校本却用校勘不善的本子。有的虽有根据地改动正文却只在注释中说"原作……据别本改",而不指明据何本改。有的注释过繁,不利于一般读者阅读;有的注释极简,该注释的地方不注,使广大读者看了译文仍无法理解全文的精妙;而更多的是注释不准确,对一字一词增字为训而歪曲了原意的毛病也较普遍。译文问题更多,有的语义不清,佶屈聱牙,把"三顾频烦天下计,两朝开济老臣心"译为"三顾茅庐频烦为天下大计,两朝事业开济尽老臣忠心",有的为追求通俗生动把"君何往"中的"君"译为"老兄"。每篇的提示,有的写得很长变成了文章赏析,有的虽短却不中肯綮,用了类似"文革"期间的语言扣几顶大帽子了事。看这样的稿子都觉头痛,改这样的稿子更感艰难。审稿历时12天,参加审稿、当时63岁的黄永年先生向我们诉苦:"头发掉了一把!"有的编委说,千佛山古称历山,传说舜在这里开垦耕耘,十分艰辛,我们住在舜耕山庄,预示着我们为这套丛书垦荒笔耕,也要历尽千辛。这次审稿,经过审改之后,有10部书稿合格,有11部需会后再作小的修改方能通过,余下的均需作大的改动或另请人译注。

这次审稿还研究了所选戏曲部分的曲辞如何今译问题，如规定了念白中出现的诗句只注不译，上、下场诗只注不译，注而不译的文字在译文中应予保留以便参读。

到1990年12月，丛书常务编委在广州研究丛书如何体现批判继承精神、如何提高第二批书稿质量时，又有18部书稿完成交来。为了保证书稿质量，使1991年上半年召开的常务编委审稿会得以顺利进行，我们三个主编从广州匆匆赶到北京，用了一周时间审看了这18部书稿，通过了7部，11部退改。当我们看完最后一部书稿碰头研究时，已是12月31日。在1990年一年内，我们仅仅通过了这7部书稿。加上1989年在舜耕山庄通过的10部，也仅有17部，尚差33部方足第二批的50部。

1991年5月，常务编委来到古称嘉州的乐山市，在乐山山腰的八仙洞宾馆继续审改第二批书稿。改稿时间只有十天，要力争将50部推出，其繁重可知。我们在改稿过程中，不禁想到明万历年间嘉州知州袁子让的诗句“登临始觉浮生苦”，想到这套丛书从起步到这次审改已历时5年，当初怎么也没有想到完成这套丛书会是如此的艰辛，真是登临始觉笔耕苦啊！

这次乐山审稿，通过了13部书稿。好在余下的20部书稿只须小改即可在会后交稿，终于在1991年8月将这20部书稿全部改定交巴蜀书社。第二批50部历时近四年终于定稿了。

五、在金陵古都作光辉的一结

——第三批书稿的完成

1990年12月据出版社的要求，这套丛书出齐当为150种，到乐山会上又修正为110种至125种，最后数字的确定根据最后一次审稿结果而定，合格的即入选，不合格的不再修改选入。根据这一共识，今年4月中旬，我们一部分常务编委聚集到六朝古都南京，从已经交来的35部书稿中选择经小改合格的书稿。经过十一天的劳作，选择、改定33部，由到会的常务编委、巴蜀书社的段文桂总编和编委、巴蜀书社的刘仁清副编审带回成都，将经由他们的继续辛苦而使《古代文史名著选译丛书》以133部、1500万字之数呈献给热爱中华文化的读者。

这套丛书从1986年5月起步，历时整整六年，平日繁细工作不计，仅编委大小审稿会就开了12次之多。丛书的发起人、顾问、古委会主任周林同志先后参加了8次审稿会，每次都自始至终和大家在一起，听取审稿情况，了解遇到的问题；当我们遇到困难的时候他为我们鼓劲，当我们感到欣喜的时候他提醒我们不可大意。这次他又和我们一起来到虎踞龙蟠的石头城下，为我们督阵，看我们能否为这套丛书作出光辉的一结。

此时此刻，我们与这次会议的东道主、丛书常务编委、南京大学的周勋初先生漫步在中山陵旁，想到今译丛书已基本完成，自然感到如释重负，但理智却使我们不敢轻松，我们期待着全书133部出齐之后专家、读者的评头品足。

1992年4月26日

（原载《中国典籍与文化》1992年第1期）

古代文史名著选译丛书(修订版)总目

丛书主编:章培恒　安平秋　马樟根

书　名	译注者	审阅者	定价/元
老子注译	张玉春　金国泰	安平秋	16.00
庄子选译	马美信	章培恒	18.00
荀子选译	雪　克　王云路	董治安　许嘉璐	19.00
申鉴中论选译	张　涛　傅根清	董治安	18.00
颜氏家训选译	黄永年	许嘉璐	15.00
论语注译	孙钦善	宗福邦	28.00
孟子选译	刘聿鑫　刘晓东	黄　葵	20.00
墨子选译	刘继华	董治安	14.00
韩非子选译	刘乾先　张在义	黄　葵	19.00
新序说苑选译	曹亦冰	倪其心	25.00
论衡选译	黄中业　陈恩林	许嘉璐	22.00
管子选译	缪文远　缪　伟	董治安	18.00
列子选译	王丽萍	周勋初　倪其心	19.00
韩诗外传选译	杜泽逊　庄大钧	董治安	24.00
盐铁论选译	孙香兰　刘光胜	黄永年	13.00
诗经选译	程俊英　蒋见元	刘仁清	19.00
楚辞选译	徐建华　金舒年	金开诚	15.00
贾谊文选译	徐　超　王洲明	安平秋	17.00
司马相如文选译	费振刚　仇仲谦	安平秋	11.00
文心雕龙选译	周振甫	黄永年	17.00
庾信诗文选译	许逸民	安平秋	18.00

书　名	译注者		审阅者		定价/元
嵇康诗文选译	武秀成		倪其心		18.00
谢灵运鲍照诗选译	刘心明		周勋初		18.00
陈子昂诗文选译	王　岚		周勋初	倪其心	14.00
李白诗选译	詹　锳	等	章培恒		22.00
高适岑参诗选译	谢楚发		黄永年		23.00
元稹白居易诗选译	吴大逵	马秀娟	宗福邦		21.00
柳宗元诗文选译	王松龄	杨立扬	周勋初		18.00
李贺诗选译	冯浩菲	徐传武	刘仁清		20.00
杜牧诗文选译	吴　鸥		黄永年		14.00
李商隐诗选译	陈永正		倪其心		19.00
唐五代词选译	亦　冬		董治安		16.00
唐文粹选译	张宏生		周勋初		18.00
晚唐小品文选译	顾歆艺		平慧善		15.00
黄庭坚诗文选译	朱安群	等	倪其心		18.00
辛弃疾词选译	杨　忠		刘烈茂		24.00
元好问诗选译	郑力民		宗福邦		20.00
宋四家词选译	王晓波		倪其心		16.00
黄宗羲诗文选译	平慧善	卢敦基	马樟根		15.00
吴伟业诗选译	黄永年	马雪芹	安平秋		20.00
方苞姚鼐文选译	杨荣祥		安平秋		20.00
明代散文选译	田南池		马樟根		22.00
顾炎武诗文选译	李永祜	郭成韬	刘烈茂		23.00
张衡诗文选译	张在义 韩格平	张玉春	刘仁清		16.00
汉诗选译	张永鑫	刘桂秋	金开诚		19.00

书　名	译注者		审阅者		定价/元
阮籍诗文选译	倪其心		刘仁清		15.00
三曹诗选译	殷义祥		刘仁清		22.00
诸葛亮文选译	袁钟仁		董治安		16.00
陶渊明诗文选译	谢先俊	王勋敏	平慧善		16.00
杜甫诗选译	倪其心	吴　鸥	黄永年		17.00
王维诗选译	邓安生	等	倪其心		20.00
刘禹锡诗文选译	梁守中		倪其心		20.00
孟浩然诗选译	邓安生	孙佩君	马樟根		18.00
韩愈诗文选译	黄永年		李国祥		20.00
欧阳修诗文选译	林冠群	周济夫	曾枣庄		20.00
曾巩诗文选译	祝尚书		曾枣庄		19.00
苏轼诗文选译	曾枣庄	曾　弢	章培恒		23.00
李清照诗文词选译	平慧善		马樟根		15.00
陆游诗词选译	张永鑫	刘桂秋	黄　葵		24.00
朱熹诗文选译	黄　珅		曾枣庄		20.00
文天祥诗文选译	邓碧清		曾枣庄		20.00
袁枚诗文选译	李灵年	李泽平	倪其心		20.00
王安石诗文选译	马秀娟		刘烈茂	宗福邦	18.00
二程文选译	郭　齐		曾枣庄		25.00
范成大杨万里诗词选译	朱德才	杨　燕	董治安		26.00
萨都剌诗词选译	龙德寿		曾枣庄		28.00
王阳明诗文选译	吴　格		章培恒		18.00
徐渭诗文选译	傅　杰		许嘉璐	刘仁清	17.00
李贽文选译	陈蔚松	顾志华	李国祥	曾枣庄	17.00

书　名	译注者		审阅者	定价/元
三袁诗文选译	任巧珍		董治安	17.00
王士禛诗选译	王小舒	陈广澧	黄永年	13.00
龚自珍诗文选译	朱邦蔚	关道雄	周勋初	13.00
尚书选译	李国祥	刘韶军	宗福邦	14.00
	谢贵安	庞子朝		
礼记选译	朱正义	林开甲	宗福邦	22.00
左传选译	陈世铙		董治安	22.00
国语选译	高振铎	刘乾先	黄　葵	22.00
战国策选译	任　重	霍旭东	李国祥	21.00
吕氏春秋选译	刘文忠		董治安	17.00
吴越春秋选译	郁　默		倪其心	19.00
史记选译	李国祥	李长弓	安平秋	29.00
	张三夕			
汉书选译	张世俊	任巧珍	李国祥	22.00
后汉书选译	李国祥	杨　昶	许嘉璐	24.00
	彭益林			
三国志选译	刘　琳		黄　葵	18.00
晋书选译	杜宝元		许嘉璐	15.00
宋书选译	漆泽邦	孔　毅	李国祥	19.00
南齐书选译	徐克谦		周勋初	18.00
北齐书选译	黄永年		安平秋	16.00
梁书选译	于　白		周勋初	17.00
陈书选译	赵　益		周勋初	17.00
南史选译	漆泽邦		安平秋	22.00
北史选译	刁忠民		段文桂	20.00

书　名	译注者	审阅者	定价/元
周书选译	黄永年	安平秋	15.00
魏书选译	杨世文　郑　晔	周勋初	22.00
隋书选译	武秀成　赵　益	周勋初	20.00
新唐书选译	雷巧玲　李成甲	黄永年	16.00
旧唐书选译	黄永年	章培恒	16.00
新五代史选译	李国祥　王玉德　姚伟钧	周勋初	18.00
旧五代史选译	贾二强	黄永年	17.00
宋史选译	淮　沛　汤　墨	曾枣庄	20.00
辽史选译	郭　齐　吴洪泽	曾枣庄	21.00
金史选译	杨世文　祝尚书　李文泽　王晓波	曾枣庄	21.00
元史选译	樊善国　徐　梓	马樟根	25.00
明史选译	杨　昶	李国祥	20.00
清史稿选译	黄　毅	章培恒	22.00
贞观政要选译	裴汝诚　王义耀	黄永年	18.00
史通选译	侯昌吉　钱安琪	周勋初	16.00
资治通鉴选译	李　庆	黄永年	16.00
续资治通鉴选译	徐光烈	安平秋	24.00
通鉴纪事本末选译	谈蓓芳	章培恒	21.00
洛阳伽蓝记选译	韩结根	章培恒	22.00
梦溪笔谈选译	李文泽	曾枣庄	20.00
徐霞客游记选译	周晓薇　等	黄永年　马樟根	17.00
宋代笔记小说选译	朱瑞熙　程君健	金开诚等	19.00
关汉卿杂剧选译	黄仕忠	刘烈茂	24.00

书　名	译注者	审阅者	定价/元
明代文言短篇小说选译	黄　敏	章培恒	23.00
六朝志怪小说选译	肖海波　罗少卿	刘仁清	21.00
世说新语选译	柳士镇　钱南秀	周勋初	23.00
水经注选译	赵望秦　段塔丽　张艳云	许嘉璐	19.00
唐人传奇选译	周　晨	曾枣庄	24.00
唐五代笔记小说选译	严　杰	周勋初	21.00
大慈恩寺三藏法师传选译	贾二强	黄永年	18.00
宋代传奇选译	姚　松	周勋初	22.00
聊斋志异选译	刘烈茂　欧阳世昌	章培恒	22.00
阅微草堂笔记选译	黄国声	安平秋	16.00
清代文言小说选译	王火青	周勋初	23.00
历代名画记图画见闻志选译	周晓薇　赵望秦	黄永年	17.00
容斋随笔选译	罗积勇	宗福邦	20.00
唐才子传选译	张　萍　陆三强	黄永年	24.00
西厢记选译	王立言	董治安	20.00
元代散曲选译	彭久安	刘烈茂　金开诚	21.00
日知录选译	张艳云　段塔丽	黄永年	22.00
桃花扇选译	张文澍	章培恒　段文桂	15.00
牡丹亭选译	卓连营	章培恒	14.00
长生殿选译	戚海燕	董治安	20.00